옛날이야기

옛날이야기

박응만 시·소설집

좋은땅

차례

1. 시

座右銘

봄 古木의
새순처럼
싱싱하고 푸르게 살고 싶어요

깊은 산속 골골을
빠르게 내달리는 바람처럼
자유롭고 싶어요

유유자적 소리 없이
깊지만 잔잔하게 흐르는
푸른 강물이 되고 싶어요

한여름 불볕더위와 소나기도
이파리 무성한 가지로 막아 주는
큰 느티나무가 되고 싶어요

오래된 古宅의 기왓장에 핀 이끼같이
高雅한 향기와 기억을
간직한 채 살고 싶어요

흰 눈 담뿍 이고 있는

孤高한 老松처럼

품격 있는 모습이고 싶어요

다시금 돌이켜 보아도

후회 없는 인생을

살고 싶어요

(1)

옛날이야기

어머니 여행길

살아生前
봄날 꽃구경
가을 단풍놀이
한 번 못 시켜 드리더니

돌아가시자
영정 가슴 앞에 받들고
영구차에 누인 채
슬픈 여행길 배웅하네

바람 부는
추운 겨울날
다시는 돌아오지 못할
먼 여행길
(2)

어머니를 작별하며

어머니 유골을 안고
함허동천 야영장을 지나 마니산 중턱에 올랐다
어머니는 나무 유골함에
몇 줌 하얀 재가 되어서 조그맣게 웅크리고 계셨다
해는 저물어 가고 바람도 차고 사납게 불어서
서둘러 올랐다

중턱쯤에 전망이 탁 트이고
아늑한 곳이 있어서
어머니를 한 줌씩 놓아드렸다
가볍고 하얀 어머니가 아파하실까 봐
가만가만 놓아드렸다
이끼 낀 바위 옆에도
언 땅 위로 드러난 마른 철쭉나무 뿌리 위에도
잔솔나무 뿌리 위에도 뿌려 드렸다

내려오는 길에 어머니를 돌아보았다
어머니는 추운데 돌아보지 말고
어서들 내려가라고

옛날이야기

겨울 산의 세찬 바람 속에서
갈퀴처럼 앙상하게 마른 손으로
메마른 나뭇가지들을
바람 속에서 하염없이 흔들고 계셨다

하얀 어머니는 마니산의 저녁 어스름 속에서
우는 듯 웃는 듯 바람 속에 서 계셨다
(3)

어버이날에

어머니,
보고 싶어요
그리고 너무 너무 죄송해요

어머니,
생전에 너무
제 마음대로 살았어요

위험한 곳에 가지 말아라
산, 바다, 들 온갖 곳을 돌아다니는
아들 때문에 얼마나 걱정을 많이 하셨나요

아프지 말아라
열이라도 나서 누워 있으면
밤새 아들 머리맡을 지키시면서
가슴 아파하셨지요

제발 공부 열심히 해라
그래야 나이 들어 고생 안 한다

옛날이야기

그런데 놀기 바빠서 공부 안 했어요
그래서 늘 후회하며 살고 있어요

용돈도 많이 못 드렸어요
드시고 싶은 거 다 못 해 드렸어요
그런데도 어머니는
서운한 기색 한 번 안 보이셨어요

좋은 집에서 어머니 모시고
함께 살고 싶었는데
그것도 못 해 드렸어요

형제들과 사이좋게
지내라고 하셨는데
그것도 못 했어요

건강하라고 하셨는데
그마저도 제대로 못 했어요

이렇게 부족한 아들 때문에
어머니께서는 노심초사하시느라
마음 편할 날이 없으셨지요

어머니 말씀대로 한 것도 있어요
비싸고 고운 옷
필요 없다고 하셔서,
기름지고 맛있는 음식
좋아하지 않는다고 하셔서,
봄, 가을 꽃구경, 단풍구경
다 필요 없다고 하셔서,
바쁠 텐데 문안 전화 안 해도
된다고 하셔서,
알아서 병원 다녀올 테니까
염려 말라고 하셔서,
혼자 있어도 외롭지 않으니
너희들끼리 잘 살면 된다고 하셔서,
나 죽으면 화장해서 뿌려 다오
뜨거운 땡볕에
벌초하기 힘들 테니까라고 말씀하셔서
모두 다 어머니 말씀대로 했어요

어머니,
잘못했어요
정말 불효막심했어요
다음 생에 다시 어머니의 아들로 태어나서

말 잘 듣는 착한 아들 되고 싶어요

어머니,
보고 싶어요
보고 싶어요
보고 싶어요
(4)

사모곡(思母曲)

바람 선들 불면
낙엽 우수수 진다

땅거미 안개처럼 내리면
밝은 달 둥실 떠오른다

깊어 가는 가을 풍경 애달파
차라리 눈 감으면
풀벌레 소리 고적하다

바람 부는 가을
별빛 내리는
들녘에 나서면

그리운
어머니, 어머니

어머니 생각에
목 놓아 울고픈

옛날이야기

가을밤이여…
(5)

어머니의 미소

세상에서 가장 아름다운 웃음은
어머니의 웃음이다

한없이 자애로운 눈빛으로
얌전하고 소박하게 웃는
어머니의 웃음은
착하고 순수했던
나의 모든 언행들과
내 마음속 모든 善意와
우리가 함께했던
모든 행복한 추억과
모든 즐거움의 원천이다

어머니의 웃음은
내 인생의 모든 기억들을
낱낱이 불러내어
그리움으로 곱게 정화시켜
세상을 성스럽고 평화로운
기운으로 물들여 놓고

옛날이야기

내 영혼까지 따뜻하게 적셔 놓는다

내가 가진 자긍심보다
내가 누렸던 어떤 행운보다
내가 받았던 모든 호의와 칭찬보다
어머니의 환한 미소는
더 밝고 따뜻하다

어머니의 미소는
세상에서 가장 아름다운 웃음이다
(6)

어머니의 눈물

세상에서 가장 슬픈 눈물은
어머니의 눈물이다

자식의 불행이 안타까워
야윈 손으로 눈물을 훔치며
숨죽여 흐느껴 울던
어머니의 울음은
내가 세상을 향해 내뱉었던
분노에 찬 모든 언행들보다 더 슬프고
내가 겪었던 모든 고통들보다 더 아프다

어머니의 울음은
심연처럼 어둡고 공허한 내 가슴속을
슬픔과 회한으로 가득 채운다
그러나 어두운 기억들은
간절한 그리움으로 정화되고
소리 없는 통곡이 되어
내 가슴을 아프게 두드린다

내가 품고 있는 슬픔보다
내가 겪었던 좌절과 낙담보다
내가 흘렸던 모든 눈물과 땀보다
어머니의 눈물 한 방울은
더 시리고
더 그립고
더 가슴 아프다

어머니의 울음은
세상에서 가장 슬픈 울음이다
(7)

自畵像

어느 볕 좋은 날
거울 앞에 섰다

거울 속에서
웬 늙수그레한 남자가
낯선 눈빛으로
나를 흘겨보고 있었다

인생을 헛되이 낭비하고
세상의 찌든 때에 물든
평범한 속물이
스스로를 애써 부정하는
가련한 모습이었다

냉랭한 표정으로
나를 쏘아보는 눈빛엔
차가운 비웃음이 어려 있었다
그런 그의 모습이 밉고도 애처로워
찬찬히 그의 눈을 들여다보았다

옛날이야기

그의 눈빛 속엔

소심하고 어리석었던 선택과

그 끝에 맞이했던 실패의 기억들

그리고 지나온 세월 속에서

그가 겪었을 수많은 고초들이

그가 간절하게 꿈꾸었던

소소한 희망들과 함께

켜켜이 가라앉아 있었다

나는 거울 속 그의 인생이 가여워서

질끈 눈을 감았다

볕 좋은 어떤 날

응달 속에서도 힘차게 머리를 내민

연둣빛 붓꽃 순이 아직도 부러운

낡고 지친 얼굴의 한 노인이

거울 앞에 서 있었다

(8)

老年의 사랑법

나이 먹고 보니
기뻤던 일보다 슬펐던 일이
더 자주 떠오릅니다
가슴속엔 슬픈 추억만
가득 차 있는 듯합니다

무표정한 얼굴로
감흥 없이 있다가도
아이의 울음소리나
슬픈 이야기나
오색으로 물든 단풍잎이나
강아지의 예쁜 눈망울에도
가슴에 가득 찬 슬픔이
느닷없이 터져 버리고
눈물이 샘처럼
끝없이 솟아납니다

젊었을 때보다
마음이 여려져서

꽃을 보면 낙화가 생각나고
일출을 보면 석양이 연상됩니다

나이 들면 어떤 일에도
감정에 치우치지 않고
현명하고 냉철하게 사리 판단을
잘할 줄 알았는데
아닌가 봅니다

그래도 가슴속에
깊이 간직하고 있는
하나의 믿음이 있습니다
모든 기쁨과 슬픔의 원천은 사랑이므로
사랑 없이 행복은 오지 않는다는 것입니다

사랑이 있기에 오래된 추억도
그리워할 수 있는 것입니다
그래서 슬픈 추억과 눈물도
부끄러워하지 않겠습니다

낙화와 석양을
안타까워하지 않겠습니다

낙화가 있어야 결실이 있고
일몰이 있어야 일출이 있음을
알기에 그렇습니다

내 인생의 모든 발자취를
끌어안고 살아가겠습니다
자랑스러운 기억도
부끄러운 기억마저도
소중히 안고 가렵니다

그래서 老年의 사랑법은
젊은이들의 사랑법과
달라야 한다는 것을
마음속 깊이 새겨 놓겠습니다
(9)

옛날이야기

老年期의 삶

먼 옛날
化石이 되어 버린
가물가물 오래된
공룡 시대의 추억

잃어버린 전설 속
退化된 흔적 되살리려는
눈물겹도록
허무한 몸짓

죽어도 버리지 못할
안타까운 집착이며
동아줄처럼 질긴
老年의 욕망

생각해 보면
청춘으로의 회기를 위한
退行한 늙은 個體의
애처로운 몸부림

사랑과 집착

진심과 가식

관용과 방임

열정과 허세의 사이 그 어디쯤

(10)

옛날이야기

問喪 1

訃音을 듣고
늦은 저녁
문상을 간다

長明燈 불 밝힌 뜰을 지나
분향 내 자욱하게 깔린
상청 앞에서
진심 어린 위안을 담은 눈빛으로
유족들과 눈을 마주친 다음
조심스럽고 진중하게
상청 안으로 들어선다

가장 공손한 자세로
향로에 향을 꽂고
술을 한 잔 바친 다음
影幀을 바라보며
절을 올린다

촛불 흔들리는 제단 위에서

낯익은 모습의 그는
웃는 듯 마는 듯
香煙 속에서 나를
무표정하게 내려다보고 있다

짧은 순간
나는 이승에서의
그와의 인연을 떠올리고
갑자기 그가 그리워지고
애잔함을 느낀다

상주들과 나는
슬프고도 엄숙한 표정으로
맞절을 하고
짧은 위로의 말을 건넨다
상주는 부쩍 여윈 모습으로
감사의 눈길을 보낸다

문상을 마친 손님들은
술잔을 주고받으며
그리움과 안타까움을 담은
추억담으로 고인을 회상한다

옛날이야기

이제 그는 내일이면
살아서 못 가 본
저승으로 가는 먼 여행길을
가족들의 슬픈 배웅을 받으며
떠날 것이다

슬펐던 일도 즐거웠던 일도
모두 뒤로하고
이승에 남은 사람들의 기억 속에
수많은 추억을 남기고
三生의 인연을 아로새겨 놓은 채
서둘러 먼 여행길을 떠날 것이다

나도 언젠가는 두렵지만
익숙한 듯 홀가분하게 떠날
처음이자 마지막 미지의 여행길

문상은 아마도 낯설고 외로운
그 여행길 初入의 어디쯤인 듯
(11)

問喪 2

訃音을 듣고
일상인 듯
편안한 마음으로
問喪을 간다

그는
아쉬움과 회한
이루지 못한 꿈과
미련을 버리고
이승을 떠날 수밖에 없음을
안타까워하면서
세상과 하직하였으리라

그가 이승에서 겪었던
고난과 歷程들이
한 편의 기록 영화처럼
내 기억 속을 번개처럼 빠르게
훑고 지나가면
별빛처럼 아스라히

멀리 있을 그의 영혼에게
깊은 연민과 동정심을 느낀다

그가 머물다 간 세상은
나의 세상과
나의 사랑과 슬픔
나의 애착하는 것들과
크게 다르지 않을 것이다

그래서 그가 떠나기 전
그가 思惟했던 것들과
함께 공감할 수 있기를 바라며
내 마음속 한 부분을
기꺼이 비워 내고
그를 받아들이며
동질감과 푸근함을 느낀다

산 자와 죽은 자
이승과 저승
흔한 기록 영화 같았던 인생들
다른 듯 같으면서
같은 듯 다른 세상이기에

나의 우주에도 푸른 별빛이

달빛 품은 바람에

애처로이 흔들린다

(12)

엘링엄의 〈A Memory〉에 붙여

〈A Memory〉

- William Allingham -

Four ducks on a pond

A grass-bank beyond

A blue sky of spring

White clouds on the wing

What a little thing

To remember for years

To remember with tears!

전설 가득 품에 안고

그림처럼 잔잔하던 푸른 바다

작은 섬들 위로 피어오르던

하얀 뭉게구름들

바다로 흘러드는 맑은 개울

개울에 놀던 물고기 떼

느티나무 고목 늠름하던
학교 운동장

꽃보다 빨간 열매가 더 예뻤던
호랑가시나무 울타리

봄날 학교 뒷산에서 울던
나른한 뻐꾸기 울음소리

은은한 달빛 아래
밤바다에서 물결 따라 춤추던
파란 隣光의 띠

황톳길 구비 돌아 한참 멀어져 가도
슬프게 귀에 남던
상두꾼들의 구성진 輓歌

아직도 메마른 내 가슴에
알뜰하게 남아서 언제든
아픈 눈물 훔쳐 줄 少年期의 추억들
(13)

행복한 친구

제주살이하는 친구는
드넓은 들판을
바람에 갈기 휘날리며
달리는 말처럼 자유롭겠다

노란 유채꽃 흐드러진 들판에서
동백꽃 붉게 만발한 오름 기슭에서
푸른 바다를 내려다보며
수평선 위 하늘을 나는 흰 구름처럼
아무 근심 없이 행복하게 지내겠지

그래도 가끔
키 큰 삼나무 숲속
산비둘기 울음소리에
외롭기도 하겠다

제주살이하는 친구가 보낸
쓸쓸한 석양 풍경 사진 속에서
짙푸른 바다는

돛배 한 척 없이 고적했다
길게 늘인 친구의 그림자만
이끼 낀 바위 위에
홀로 누워 있었다

바람 쐬러 한 번 와
여긴 공기 맑고 풍경이 좋아
너무 조용해서 쓸쓸하긴 해도
행복한 곳이야

전화기 너머 전해 오는
친구의 목소리가
너무나 허허롭고 가여워서
나도 모르게 눈을 감았다

제주살이하는 친구는
파도 부딪는 해변의 바위처럼
울창한 오름의 숲속 고목처럼
고독 속에 잠기고 싶은 듯했다

밖에는 바람에 지는 꽃잎들이
흰 눈발처럼 흩날리고 있었다
(14)

새해맞이

어김없이 설은
또 찾아오고
인생 나이테는
또 하나 더 늘어납니다

포용심이나 지혜는
점점 떨어지는데
고집과 인색함과 교만함은
거꾸로 자꾸 커져만 갑니다

새해에는 앞으로 쉴 수 있는
남은 설을 헤아려 보며
지나온 시절을 돌이켜 보며
깊이 성찰하겠습니다

넓은 아량을 베풀고
향기로운 말씀으로
이웃들과 도타운 정을
나눌 수 있도록 노력하겠습니다

새해에는 모두모두
건강하고 행복하소서
(15)

옛날이야기

명절 부작용

명절이라
두 아들 내외가
손주들과 함께
왁자지껄 다녀갔다

고놈들 얼마나 정신없이
어지럽게 뛰며 놀던지
조심하라는 소리만 하며
바라보는 수밖에 없었다

그렇게 정신없이 놀다가도
가끔씩 할배 무릎에 앉아서
혀 짧은 소리로 재롱을 떨며
눈을 마주치는데
초롱초롱 맑은 눈에서
별빛이 후드득후드득 쏟아진다

손주들 가고 난 뒤
맑은 눈망울이

가슴 깊이 刻印되고
오랜 세월이라도 흘러
갑자기 폭삭 늙은 듯
마음 한구석이
아리고 허허롭다

아마도
명절 부작용인가 보다
(16)

옛날이야기

기다림 1

저녁 어스름 무렵
가로등 불 밝히니

바람에 깜박이며
두런대는 별들이
타향처럼 낯설다

새벽 서리 내릴 때
가로등 불 꺼지니

서쪽 하늘 하얗게
날 세운 초승달이
비수처럼 시리다
(17)

기다림 2

아침부터 밤까지
밤부터 새벽까지

서쪽 하늘 먹구름이
사납게 요동치다 석양에 젖어
고운 자태로 변신할 때까지

하늬바람 불기 시작해서
샛바람 되어 그칠 때까지

봄 고목에 순이 돋고
가을 낙엽 되어
흙으로 돌아갈 때까지

천년 그리움에
돌이 될 때까지

그 돌이 풍화되어
흙이 될 때까지
(18)

옛날이야기

病床에서

생각이 생각을 낳고
그리움이 그리움을 부른다

헝클어진 思念의 숲속에서
행복했던 추억들은 물고기 떼처럼
내 의식 속을 빠르게 遊泳한다

젊었던 날 열정에 가득 찼던
모든 사랑의 맹세가 否定의
맨 얼굴을 드러내고

그땐 행복했던 추억들이
이젠 지울 수 없는 烙印이 되어
견딜 수 없는 아픔으로 다가온다

날카로운 메스에 찢긴 여윈 몸 위로
고통이 파도처럼 밀려왔다 밀려가며
청춘 시절의 무모했던 열정들과
부질없는 헛된 소망들을 비웃는다

병실 창밖에는 겨울 바람이
가 버린 것들은 돌아오지 않는다고
결코 지워지지 않는다고
깊은 밤 빈 거리를
사납게 소리치며 달려간다

다시 또 여윈 몸 위를
고통이 번개처럼 내달리면
모든 思念의 갈래들은
헝클어지고 뒤섞여서
혼돈의 深淵 속에 가라앉아 버린다

그러나 찢긴 상처가 아물고
새 살이 돋을 때쯤이면
고통도 사라지고 烙印의 흉터 위엔
봄 아지랑이와 함께 고운 꽃이 활짝 피어나겠지
否定의 성난 얼굴에도 환한 미소가 번지겠지
철없던 시절의 열정들도
순수한 사랑으로 숙성되어 있겠지

생각의 끝은 그리움에 닿아 있고
그리움의 끝은 너에게 닿아 있다
(19)

옛날이야기

호명호수 가는 길

쓸쓸한 가을날
호명호수 오르는 길엔
길 끝까지 늘어선 단풍나무들이
봄꽃보다도 더 붉고 고왔어요

단풍 잎새들은
여린 바람에도
붉은 꽃 비가 되어
아프게 떨어졌어요

지난날 우리 사랑만큼
붉고 고운 잎새들이
갈바람에 지는 모습이
너무 안타까워
아린 마음이 한숨 되어
터져 나왔어요

웃고 떠들며
지나가는 사람들은

그저 바쁜 듯 무심하게
붉은 단풍나무 우거진
길모퉁이를 돌아서 사라졌어요

바람은 끝없이 불고
낙엽은 붉은 꽃비 되어
하염없이 지고 있었어요
정처 없이 흩어지는 낙엽에
당신이 너무 그리워서 눈물이 났어요

호명호수 오르는 길엔
단풍나무들이 붉은 울음 되어
끝없이 늘어서 있었어요
불타는 그리움 되어
하늘 끝까지 닿아 있었어요
(20)

집으로 가는 길 1

힘든 하루 저물 무렵
핏빛 땀방울 흘러나올 듯
지친 몸을 끌고
도시의 변두리
먼 곳에 있는
나의 작은 집으로
가는 길

버스에서 내려
비탈길 오르다가
뒤돌아보면
낡고 작은 집들이
바닷가 돌 틈 작은 파도에도
이리저리 흔들리는 고둥들처럼
화려한 네온 불빛 명멸하는
도심 밖 어둠 속에서
서로 어깨를 비비며
옹기종기 모여 있는 곳

아내와 아이들은
밤늦도록 눈빛 반짝이며
귀틀 어그러진 창밖으로
고개를 내민 채
오로지 아이들과 아내를 위해
작은 꿈을 보듬고 있는
남루하고 땀에 찌든
가장을 기다리고 있다

성화 속 예수님과 같이
맑은 눈빛을 가진
예쁜 아이들과 아내가
가장을 기다리고 있는
하늘 아래
작은 동네
우리 집으로
가는 길
(21)

옛날이야기

집으로 가는 길 2

어스름 저녁 무렵
시름 달래느라
쓴 소주 한잔하고
찬바람 맞으며
집으로 가는 길

서쪽 하늘 조각달이
너무나 외로워서
쓸쓸한 내 그림자에
울지 않으려 해도
눈물이 절로 난다

달무리 희뿌연 늦은 저녁
안개 속 가로등
희미하게 불 밝히고
밤하늘에 별빛들
흔들리며 피어날 무렵

도시의 모든 존재들이

밤의 냉기 속에
허식의 껍데기를 벗어던지고
발가벗은 채 본연의
참모습을 드러낼 때
우리들 삶의 모습도
가감 없이 실체를 드러내고
여태껏 허덕이며 살아온
우리네 인생의 무게 없음에
아프게 눈물 짓는다

꿈을 좇아 평생을
허덕이며 살아왔지만
꿈은 신기루에 불과할 뿐
배신감과 절망만이
나를 비웃을 뿐이었다

낯설고 위압적인
이 도시에서
메두사의 증오 어린
눈빛과 마주친 듯
차라리 무심한 돌이 되거나

옛날이야기

밤하늘 위에서
이 도시를 흘겨보다가
찬란한 별밭을 가로지르는
별똥별이 되어
먼 남극 하늘 어디쯤으로
사라지고도 싶다

그러면
원망도
부끄러움도
아예 느끼지 못하는 내 마음
고통에서 벗어나리라

찬바람 맞으며
집으로 가는 길
너무나 외로워서
울지 않으려 해도
절로 눈물이 난다
(22)

가을날

햇살 좋은 가을날엔
바람이 지날 때마다
단풍 잎새 비처럼 흩날리는
고즈넉한 山寺나
낯선 동네 외진 곳의
작고 쓸쓸한 교회에라도 가고 싶다

山寺 가는 길 끝에는
부처님도 계실 것 같고
십자가상 아래에서는
예수님 숨결이라도
느낄 수 있을 것 같다

햇살 좋은 가을날엔
적막 속에 눈을 감고
내 마음속 깊은 곳
얼룩진 욕망과 증오심을
깨끗이 씻어 내고
무념무상 오롯한 고독과 평온을

가슴 가득 느끼고 싶다

청량한 대기 속에
영롱한 가을 햇살이
가을 바람에 떨어져 누운
고운 낙엽 위에 윤기를 더하면
모든 슬픔과 悔恨을
홀가분히 떨쳐내어
비로소 解脫의 法悅도
누릴 수 있을 듯하다

햇살 좋은 가을날엔
깊은 산속 山寺나
교회가 아니라도 좋다
작은 공원 낡은 벤치에 기대 앉아
파랗게 높아 가는 하늘을 바라보며
대지 위에 쓸쓸히 지는 낙엽처럼
모든 집착에서 나를 내려놓고
비로소 작은 안식과 행복을 느끼고 싶다
(23)

전어 회

길에서 우연히 만난 고향 친구와
허름한 바닷가 횟집에서
전어 회를 먹는다

곱상했던 친구는
인생살이가 만만치 않은지
할배처럼 얼굴이 낡아 있다

어릴 적 이야기와 몇 잔 술에
수다스러워진 친구의 눈이
싱싱한 물고기 비늘처럼 반짝이고

어느새 친구와 나는
해초 숲 우거진 고향 바닷속을
신나게 유영하고 있다

정겨운 추억과 더불어
친구와 함께 먹는
고소한 전어 회
(24)

2) 봄: 25~37

봄

앞산에 울긋불긋
온갖 꽃들이 흐드러지게 피었어요
파란 하늘 아래 산당화, 진달래꽃, 조팝나무꽃,
목련꽃, 벚꽃, 복사꽃, 살구꽃들이
오색구름 뭉텅이가 살포시 내려앉은 것처럼 곱게 피었어요

맑고 향긋한 꽃향기가 앞산에서 밀려와
작은 섬 앞 돛배들 졸고 있는 잔잔한 바다에까지 퍼지면
머릿속이 아득해질 만큼 벅찬 환희에
내 가슴은 터질 듯 부풀어 올라요
바람이 살랑살랑 불 때마다
앞산엔 꽃가지들이 구름이 일렁이듯 흔들리고
꽃잎들은 춤추듯 펄럭이며 흩날려요

그러나 문득 봄꽃 만발한 고운 풍경은
언뜻언뜻 당신의 고운 눈길을 생각나게 하고
갑자기 내 마음은 쓸쓸해집니다
꽃이 지고 봄도 저물면
당신과 함께했던 많은 추억들을

옛날이야기

어디에서 찾아야 할까요

봄꽃들이 오색구름처럼 예쁘게 피었어요
바람이 불 때마다
꽃잎들은 눈보라처럼 속절없이 흩날려요
봄이 떠나고 있어요
그리운 당신은 어디에 있나요
(25)

지세포의 봄

푸른 하늘엔
흰 구름
둥실둥실

잔잔한 바다 위엔
은빛 물결
반짝반짝

파도 부딪는 해변엔
몽돌 구르는 소리
차르르르

우거진 대숲 속엔
멧비둘기
꾹꾸루루

붉은 동백꽃
툭툭 아프게
떨어지면

옛날이야기

남녘 섬 처녀
깊어 가는 그리움에
젖어 드는 눈시울
(26)

봄바람

봄바람이 노란 유채꽃 활짝 핀
들판 위를 달려간다

봄바람은 밭갈이 나온 사람들의
옷자락을 짓궂게 헤쳐 놓고
머리카락을 헝클어 놓기도 한다

봄바람은 풀밭 위에
잠시 머물러 쉬는 듯하다가
별안간 쪽빛 바다 위로
날쌔게 방향을 틀었다
바다는 파도의 하얀 포말로
봄바람을 말갛게 씻겨서
붉은 동백꽃 만발한
작은 섬으로 놓아 보낸다

봄바람은 작은 섬 집 처마에 머물다
제비꽃, 냉이꽃, 애기똥풀꽃, 자운영꽃들 만발한
언덕 위를 신이 나서 달음질친다

옛날이야기

잠시 호흡을 가다듬은 봄바람이
쑥 캐는 젊은 아낙의
모자도 벗겨 보고
목덜미를 간질여도 보다가
금방 싫증이 나서
산등성이 위로 타고 오른다

봄바람은 느릅나무 순
뾰쪽 내민 가지 위에서
반짝이는 푸른 바다와
활공하는 갈매기들을 내려 보다가
졸음에 겨워 깜빡 잠이 들었다

연둣빛 새순 돋는
느릅나무 아래 덤불 속
웅크린 고라니의 눈망울에
봄 하늘이 파랗게 비쳐 있다
(27)

가는 봄

죽은 듯 움츠러 있던
가지 끝에 새 움 돋고
예쁜 꽃들 피어나는
봄이 왔어요

이 봄날
가신 님들 혼령이
고운 꽃으로 피어날 무렵이면
약초꾼들 구성진 산타령에
내 마음은 봄 하늘 저 멀리
아스라이 떠갑니다

꽃눈 터지는 소리에
봄밤이 깊어 가고
소쩍새 울음소리에
가신 님이 그리워
잠을 설칩니다

늦은 봄날

옛날이야기

짓궂게 내리는 봄비에
시들은 꽃이 지고
꽃이 지는 소리에
봄이 저만치 떠나고 있습니다

봄밤 처마에 불 밝히니
적막감만 더해 갑니다
봄이 저무는 뜰에 나와
가는 봄을 가만히 배웅합니다
(28)

봄밤

봄밤 깊어 가고
봄비 속에 속삭이듯
꽃망울 터지는데

봄날 밤
꿈은 길고
잠은 짧기만 하다

그리움 깊어 가는
봄밤
보고픈 님은
무슨 꿈에
젖어 있을까
(29)

봄 산에서

봄 산에선
망부석인 양
가만히 앉아서
봄이 오는 소리를 듣고 싶다
작은 움직임에
바람이 놀라서 달아나면
봄 숲속 고운 꽃망울과 새싹들이
도로 꼭꼭 숨어 버릴 것만 같다

봄 산에선
꽃망울 예쁜 나무 그늘 아래에서
숨죽여 온전한 침묵으로
파아란 하늘 위 흘러가는
포근한 구름을 바라보아야 할 듯싶다
옅은 한숨에라도 구름이 밀려나면
그리운 추억들도
구름과 함께 봄 하늘 저편으로
사라질 것 같다

봄 산에선
봄 햇살 가득 퍼진 산자락 위
아지랑이를
고운 눈빛으로만 바라보아야
좋을 듯하다
아지랑이 속에서
그리움은 더욱 깊어 가고
마음은 봄 하늘 저 끝으로
구름 따라 흘러가고 싶다

봄 산에선
마음 차분하게 가라앉혀
환희와 경이로움으로
봄맞이를 하고 싶다
(30)

봄이 가요

봄이 간다고
아쉬워하지 말아요
봄꽃 진 자리에 새 잎 돋고
하얀 울타리 위
빨간 넝쿨장미가
눈부시게 예뻐요

물까치들 떼 지어
푸른 숲속에서 날아와
새 잎 돋은 가지 위에서
지저귀며 놀고 있어요
포근한 햇살과 훈풍에
녹음은 점점 더 짙어 갑니다

해 저물고
별빛 빛나는 밤하늘
가는 봄이 안타까워
서쪽 하늘 초승달이
신록 우거진 숲을

원망스러운 듯 흘겨봅니다

먼 산 두견새 울음소리는
흘려보낸 젊은 시절을
밤새 돌이켜 보게 하여
벅찬 그리움과
말 못 할 아쉬움에
잠 못 들게 합니다

장미꽃 향기가
바람에 실려 오는 이 밤
여름이 성큼 다가와
습기 머금은 정원
저만치에서 웃으며
서성이고 있어요
(31)

옛날이야기

5월

거우내 공원은
원시의 동굴 속처럼
침묵이 켜켜이 쌓이고
흐릿한 햇빛 속에
먼지 섞인 차가운 바람이
삭막한 화단을 휘젓고 다녔다

사람들은
자동인형처럼
무표정한 얼굴로
산책로를 걸었고
새들도 종적을 감춘 채
공원은 동면에 빠져 있었다

산책로 양쪽 나무에
연둣빛 손톱만 했던 어린 순들이
가끔 내린 봄비에
손바닥만큼 자라서
공원 벤치 위에 녹음을 드리우고

따뜻한 녹색 바람의 통로가 생겼다

사색과 그리움에 잠긴
사람들의 표정과
새들의 지저귐에
공원이 풍요로워지고
하얀 쥐똥나무꽃의 향기에
공원이 깊은 잠에서 깨어나고 있었다

푸른 산책로를 걷는
사람들의 밝은 웃음소리에
활기찬 일상이
꽃처럼 피어나고
5월의 신록은
짙어 가고 있었다
(32)

옛날이야기

이팝나무꽃

하얀 砂器 밥그릇에
高捧으로 넉넉하게 담긴
기름진 쌀밥 같은 이팝나무꽃

하얀 素服 차려 입은 아낙들이
줄지어 늘어선 듯
봄 거리 하얗게 뒤덮은 이팝나무꽃

순결한 백색의 꽃 더미가
어째서 아름다움 아닌
슬픔으로 가슴을 옥죄는 것일까

굶주린 자식들 먹이려고
떠돌이 막일에 골병든 아버지가
추운 겨울 세상을 뜨자
어머니 가슴에는 한이 맺혔다

이듬해 이팝나무꽃 흐드러지게 핀
화사한 어떤 봄날에

어머니마저 어린 자식들 두고
저승길로 아버지를 따라나섰다

이젠 어렸을 적 벗어날 길 없던
보릿고개의 굶주림과
부모님에 대한 애절한 연민이
차라리 그리운 추억으로 남고

해마다 어김없이 되살아나는
슬픈 기억 속에
올해도 소리 없는 통곡처럼
정갈하고 하얀 꽃이 만발했다

이 봄날
하얀 쌀밥 같은 이팝나무꽃
봄날이어서 더욱 슬픈
그리운 꽃이여
(33)

옛날이야기

佛頭花

부처님이시여
내 가슴속 가득 채운
모든 시름을 거두어 가 주소서

봄날 푸르고 온화한 하늘을
가볍게 나는 흰 구름처럼
내 마음속을 무념무상으로 비워 주소서

내 시름을 실은 구름일랑
兜率天 하늘을 나는 고운 구름처럼
기쁘고 착한 마음으로 가득 채워
내 머리 위를 나르는
하얀 구름으로 바꾸어 주소서

5월의 봄날
푸른 하늘 아래에서
눈부시게 아름다운 불두화처럼
부처님 닮은 마음으로 살고 싶어요

33天 모든 하늘 아래 피어 있을
부처님 닮은 하얀 불두화가
관음보살인 듯 나를 위로해 줍니다

부처님이시여
내 마음속 모든 번뇌를 거두어 가 주소서
꺼지지 않는 유황불처럼 뜨겁고 깊어서
마침내 恨이 된 그리움마저도 거두어 가 주소서

오로지 한없는 사랑만을
5월의 맑은 하늘을 나는 구름에 실어
그 구름이 불두화 우거진 수풀에 내리는 비가 되어
九泉 땅속까지 적셔 주는 감로수가 되게 하여 주소서

그리하여
사막처럼 메마른 내 마음
평온과 사랑으로 가득 채워 주소서
(34)

풍경

호수같이 잔잔한
바다가 내려다보이는
나지막한 언덕 위에 서다

바다 쪽에서
짭조름한 내음 머금은
해풍이 끊임없이 불어오다

잔물결 이는 바다 위엔
파도에 씻긴 푸른 섬들이
이마를 서로 맞댄 채
추억을 되새김질하고

닻을 내린 작은 돛배들은
사색에 잠겨
해풍에 몸을 맡긴 채
출렁이다

바닷새들 여유로이

섬 위를 활공하고
석양에 젖은 구름 몇 조각이
한가롭게 졸다
(35)

옛날이야기

호수

호숫가 우거진
나무 그림자

봄 하늘 파랗게
비친 호수에

나무 그림자 그물
살포시 드리워지면

나는 그물 속
한 마리 꿈꾸는 물고기

흰 구름 포근한
하늘을 난다
(36)

자주달개비

낡은 초가집
싸리나무 울타리 아래
노란 황매화 꽃
피었다 시든 옆 자리

아침 이슬 머금고
수줍게 피어난
쪽빛보다 푸르고
청초한 꽃

푸른 꽃잎으로
샛노란 꽃술 감싼
초롱초롱 샛별 같은
자주달개비꽃
(37)

옛날이야기

3) 여름: 38~46

장미원에서

6월 장미원의 장미꽃들은
모네의 팔레트에 풀린 물감처럼
저마다 다양한 색채를 띠고
아름답게 빛나고 있다

장미향 진하게 밴 솜사탕처럼
달콤한 향기 속에
사람들은 발걸음 가볍게
장미의 향연을 즐긴다

분수대에서 쏘아 올린 물줄기가
가장 높은 곳에서
잠시 멈추었다가
바람결에 흩날리며 떨어지면

장미향에 취한 사람들은
낙하하는 분수대의 물줄기처럼
드넓은 장미원을 둘러보며
아찔한 현기증과 황홀감을 만끽한다

옛날이야기

사람들은 그리운 옛 시절
행복했던 기억들을 떠올리거나
환한 표정으로 서로를 바라보며
깊고도 달콤한 상념에 잠긴다

장미꽃 만발한
6월의 장미원은
사람들의 환희에 찬 표정과
밝은 미소로 빛나고 있었다
(38)

초여름 풍경

어린아이 피부처럼
연하게 보이던
뒷산 연녹색 숲이
억센 진초록 철 갑옷으로
갈아입었다

산사나무, 이팝나무, 회화나무
하얀 꽃들 시든 공원 울타리엔
여름 傳令 같은 넝쿨장미의
빨간 꽃봉오리들이
햇빛 받아 눈부시다

슬며시 찾아온 초여름 날
물비린내 낮게 낮게 깔리고
물버들, 여뀌풀 우거진 둠벙에서
맹꽁이 떼 울음소리 들리더니
밤부터 비가 내리기 시작했다

익숙한 물비린내는

속절없이 또 한 계절이
물러갔음을 상기시키듯
가슴속에 아프게 자리잡고

맹꽁이들은 비 내리는 밤 내내
지나간 봄이 아쉬운 듯
傷心한 가시나처럼
구슬프게 울었다
(39)

장마

쓸쓸한 동네
고즈넉한 빗소리
인적 끊긴 고샅길

멀리 아파트 신축 공사장
깜빡이는 타워 크레인 불빛에
반짝이며 떨어지는 빗방울

어스름 땅거미 내리면
가슴에 차오르는
눅눅한 외로움

장마가 시작되었다
(40)

구름

호수 위 돛배처럼
맑은 하늘 달려가는
흰 구름 몇 조각

산허리에
구름 그림자 만들고

바람에 불려
구름 떠난 자리에
파란 하늘이 외롭다
(41)

山에서

산에서 가져와야 할 것
바람 소리, 물소리, 낙엽 소리, 산새 소리, 다람쥐 나무 타는 소리, 이슬
구르는 소리, 적막감, 숲의 청정한 기운, 기분 좋은 냉기, 아침 햇살의
포근함, 덤불 속에서 졸고 있는 산비둘기들의 평온함…

산에다 내려놓고 올 것
철없는 욕망, 부질없는 회한, 헛된 갈망, 조급함, 열등감, 절망, 분노,
증오심, 외로움, 공허함, 지나친 슬픔…

산에서 씻고 다듬어 와야 할 것
젊은 날의 패기, 시들어 가는 자존감, 호기심과 열정, 멀리 있는 친구에
대한 그리움, 적당한 센티멘털리즘…
(42)

옛날이야기

바람

뒷산 솔밭 그늘에서
살랑대며 놀던 바람이
백일홍 꽃가지 졸고 있는
마당 안으로 슬쩍 들어온다

바람은 호시탐탐 발 드리운
적막한 거실 안을 엿보다가
뜨거운 한낮의 햇살을 피해서
그늘진 쪽마루 위까지 슬쩍 올라선다

드디어 바람이 발을 통과하면서
서늘한 우무처럼 가닥가닥 갈라져
날쌘 물고기 떼처럼 거실 안으로
쏴아 소리치며 들어온다

거실 구석구석을 맴돌다가
다시 하나로 합쳐진 바람이
햇빛 뜨겁게 내리쬐는 마당으로
힘차게 달려 나간다

백일홍 꽃가지들이
놀란 듯 흠칫 몸을 떨고
순간, 열기 품은 햇살들이
폭포처럼 마당에 쏟아진다

바람은 우쭐대며
마당을 한 바퀴 휘돈 다음
문밖 인적 끊긴 길 위로 달려 나가고
집 안엔 다시 정적이 내려앉았다
(43)

蓮꽃

진흙밭에
뿌리내렸지만

청초한 꽃을
피워 내는

蓮 같은
인생을 살고 싶다
(44)

여름

일렁이며
대지에 피어나는
화염 같은 아지랑이

땡볕 식혀 줄
천둥 소나기는
機微조차 없고

인적 끊인
뜨거운 한낮
寂寞이 깔렸다
(45)

옛날이야기

여름밤

소낙비에
말갛게 씻긴
별빛 초롱초롱한
여름 밤하늘

流星이 힘차게
劃을 그으며 날다
(46)

4) 가을: 47~58

가을

潤氣 잃고 퇴색한
쓸쓸한 숲속으로
무리에서 벗어난
까마귀 날아들고

구름 한 점 없는
푸른 하늘
스치는 바람에
창백한 낮달이 외롭다

들판 사이로
아스라이 펼쳐진
먼 길 따라
홀로 내 마음 떠날 때

기쁨도 슬픔도
낙엽처럼 시들고
작은 어항 속처럼 너무 투명해서
고독한 가을
(47)

고마리꽃

하얀 꽃잎 끝
봉숭아 꽃물 들인 손톱처럼
붉은색 입혀
멋을 낸 작은 꽃

온통 하얗거나
분홍빛 별처럼 작은 꽃
그래서 더욱
애잔하게 보이는 꽃

작은 개울 소리 없이 흐르고
이슬 채이는 무성한 풀섶에서
파란 하늘 새털구름보다
더 하얗고 청초하게 피는 꽃

허리 굽혀
들여다보아야
볼 수 있는
작지만 특별한 꽃

옛날이야기

얼굴 너무 하얘서
눈물겹도록 가엾고
귀여워 보이는
소녀 같은 꽃

그렇게 쓸쓸히
무성한 풀섶에
소녀처럼 수줍게 웃으며
섞여 있다가도

내가 슬픔에
겨워할 땐
잔잔한 웃음으로
위로해 주는
작은 고마리꽃
(48)

나에게

여보게
찰나생멸(刹那生滅)
찰나무상(刹那無常)이라네

그러니 짧은 인생
벼락 치듯 끝나기 전에
철들어야지

바람에 깜빡이며
말갛게 씻긴
밤하늘의 별처럼

모든 것
다 받아들이고
超越하시게
(49)

옛날이야기

가을비

무덥고 눅눅했던 여름이
가을비에 씻겨 간다

패잔병처럼 지친 모습으로
조금씩 조금씩
그러나 재빨리 물러나고 있다

빨간 사철 장미가
빗속에 추워 보이고

낙엽 날리는
빗속 오솔길을 타고
여름은 산 너머로
분주하게 몸을 감추었다

금잔화 꽃밭 위에
잠시 머물던
여름의 추억을
가을비가 더욱 세차게

씻어 내린다

(50)

가을 산

비 그치고
힘센 서풍에 쫓긴 구름들이
빠르게 달려간다

맑은 연못 속
날쌘 물고기 떼처럼
재빠르게 동쪽 하늘로 몰려간다

구름 물러간 빈 하늘이
아득히 높아져서
파랗게 시리고

가을 햇살 너머
말갛게 구름 벗은
산봉우리가 상쾌하다
(51)

가을

산골에
가을이 깊어
초록빛 상실한
누런 풀잎이 슬프다

풀벌레 소리
개울 따라
들판 끝으로
하염없이 흘러가고

눈 시리게 파란
하늘 한편에
새털구름 몇 조각

낮달 홀로 외로운
쓸쓸한 가을날이여…
(52)

가을 새벽

새벽에 잠이 깨어
커튼 열고
창밖을 보니

열나흘 밝은 달
달빛에 몸 실은 낙엽이
미풍에 날리듯
가뿐하게 땅 위에
내려앉는다

마치
오랜만에
부모 형제들 기다리는
고향집 찾아들 듯
망설임 없이 내려앉는다

퇴색하고 썩어서
흙 속에 묻힐 텐데도
슬픔 없이 기쁜 듯

장엄하게 내려앉는다

내 인생도
저 낙엽처럼
가뿐해야 할 텐데…

새벽 달빛
머금은 이슬
차갑게 빛나는데

가을이
내 가슴속에
깊이 내려앉았나 보다
(53)

옛날이야기

가을 산책

산 그림자
길게 누운
외로운
들길

서늘한
한 줄기 바람에
발길 잡혀
서성인다

빈
가슴 안고
정처 없이 헤매는
孤寂한 계절

가을…
(54)

여름 작별 (헤세의 〈9월〉에 붙여)

가을비가 세차게 내립니다
떠나는 여름을 작별하며
비바람에 지는 꽃잎들이
눈물처럼 정원에 흩어집니다

바람과 함께 찾아온
차가운 가을비에
여름은 뒷걸음질치며
힘없이 물러갑니다

여름은 낙엽과 함께
생기를 잃고 퇴색한
풀잎 위에 누워
깊이 잠들 것입니다

정원은 오랫동안 침묵에 잠겨
지나간 시절을 추억하며
아름답게 정원을 장식했던
꽃들을 그리워할 것입니다

옛날이야기

정원이 슬퍼합니다
떠나는 여름이 슬퍼서
푸르렀던 잎새들을
눈물처럼 정원에 흩날립니다
(55)

낙엽

낙엽을 쓸다가
나도 내일은 낙엽임을
문득 깨닫는다

여름날 싱싱했던 푸르름과
가을날 꽃보다 화려했던
절정의 단풍색

이젠 소명을 다하고 탈색되어
가장 겸손한 모습으로

땅 위에 누워 있다
그래서 가만가만
스스로를 돌이켜 보며
낙엽을 쓸어 담는다
(56)

화살나무

누구를 향한 그리움이길래
저리도 티 없이 고운
진홍빛 물이 들었을까

얼마나 열렬한 사랑이기에
저다지도 불꽃처럼 뜨겁게
타오르고 있을까

푸른 하늘 아래
루비처럼 핏빛처럼
붉게 물든 화살나무

마지막 온 힘과
열정을 뿜어내며
불꽃인 양 처절하게 타오른다

타다가 타다가
드디어 붉은 핏방울 되어
땅 위에 흘러 눕다

꽃보다 곱고
루비보다 화려하고
불꽃같이 뜨거운 화살나무
(57)

가을 그리움

새벽 달빛 속
서리 하얗게 빛나는데
갈대 서걱이는 소리
적막감을 더합니다

이슬 내린 소나무 푸르니
단풍나무 잎새 더욱 붉습니다
깊고 푸른 바닷속
산호처럼 붉습니다

하얀 깃털구름 흘러가니
파란 하늘이 더 높습니다
하늬바람 불 때마다
아득하게 높아 갑니다

추수 끝난 빈 들판
허수아비가 석양 속에 외롭습니다
더 이상 지킬 것 없는
허수아비가 가엾습니다

산 아래 마을
저녁밥 짓는 연기 피어오르면
고운 님이 그립습니다
사무치게 그립습니다

(58)

옛날이야기

5) 겨울: 59~61

눈 내린 밤

눈보라 멎고
별빛 찬란한 겨울밤
순결하고 적막해서
신비한 세상

쌓인 눈이
바람에 흩날리며
빛나는 보석처럼
달빛에 반짝이고

높은 하늘에서 불어온
세찬 바람이
교회 첨탑 십자가를
훑고 지나가면

산타 할아버지
사슴 썰매 달리던 별밭
저 높은 하늘길에서
차르르르 쏟아지는 별빛
(59)

옛날이야기

겨울비

겨우내 메마른 일상은
고립된 섬처럼 생기를 잃고
알뜰한 사랑과 절박한 그리움마저
유예(猶豫)당하고 말았다

눈 쌓인 산자락을 타고
겨울바람이 끊임없이 불어 내려와
세상의 모든 길은 얼어붙고
을씨년스런 창밖 풍경에
외로워서 가슴이 저렸다

그러나 어두운 밤을 이어
찬란한 새벽이 오듯
겨울은 이미 봄을 품고 있었다
겨울비 속에서도
맹아(萌芽)는 향기를 간직한 채
화사한 봄날을 꿈꾸지 않았던가

가슴속 거미줄을 걷어 내고

싸락눈과 함께 떨어지는
겨울비를 바라보며
봄은 겨울 끝에 오기에
더욱 따스하고
아름답다는 사실을 깨달았다

찬바람 속에서도
겨울비가 얼어붙은 꽃봉오리를
동면에서 불러내면
내 사랑의 노래는
작은 새들의 지저귐을 따라
봄 하늘 멀리까지 울려 퍼질 것이다
(60)

옛날이야기

겨울 산

바람 부는 겨울 산에 올랐다
북풍 사납게 휘몰아치는
황량한 오솔길은
산등성이 황톳길 지나
하늘에까지 잇닿아 있었다

나무들은 朔風에 흔들리면서도
인내하는 모습으로 숲을 이루고
가지만 남은 앙상한 몸을
바람에 내맡긴 채
사색에 잠긴 표정들로 서 있었다

아마도 희망에 부풀었던
봄날의 생동감과
무성했던 여름날의 영화와
孤寂했던 가을날 凋落의 쓸쓸함을
反芻하고 있었을 것이다

모든 행복했던 추억들을

상실의 슬픔으로 덮어 버리고
그 슬픔을 다시
고독으로 떨쳐 내기 위해
겨울 산의 나무들은 인내하며
默想에 잠겨 있었다

바람 부는 겨울 산에는
수도승을 닮은 나무들이
몸을 흔들며 고행의 자세로
세찬 겨울 바람을 맞고 서 있었다
(61)

옛날이야기

2. 소설

1) 옛날 이야기 1

나 어렸을 적 얘기 하나 해 줄게.

내가 다니던 학교 앞 저만치에는 호수같이 잔잔한 바다가 내려다보이고 학교 뒷산에는 머루, 다래, 고욤, 개암, 도토리, 댕댕이, 청미래덩굴, 후박, 산목련, 철쭉, 수수꽃다리, 산수국, 만리향, 천리향, 호랑가시나무, 조팝나무, 동백 등 온갖 열매와 꽃들이 철 따라 열리고 피는 곳, 그곳이 내가 살던 곳이었는데, 우리는 수업이 끝나면 떼를 지어서 산으로, 바다로 나가서 어두워질 때까지 놀다 오곤 했었다.

여름에는 서원(書院)골 위 저수지나 학교 앞 바닷가 백사장에서 등판이 까맣게 익을 때까지 물놀이하고, 겨울에는 동네 앞 개울에서 썰매 타기, 술 도가집(양조장) 술밥 훔쳐 먹기, 모닥불에 훔친 고구마 구워 먹기 등 누구나 다 지니고 있는 그런 추억 어린 시절을 보냈지.

바로 그 시절의 추억인데….

그 시절 우리 동네 사람들은 고깃배 타는 사람들하고 농사짓는 사람들이 거의 반반씩이었는데, 간혹 농사도 짓고, 고기잡이도 같이하는 집들이 있기도 했었다.

아침 식전엔 고기잡이하는 사람들이 잡은 고기를 대문 안으로 밀어 넣어 두면 누구나 당연한 듯이 받아먹고 생선 값은 알아서 아무 때나 주고, 저녁 무렵에는 오이나 고구마나 호박 등도 그런 식으로 집집이 거의 같은 방식으로 받아먹는 참 좋은 시절이었다.

그런데, 그런 우리 동네에 이또동(童)이라는 사람이 살았었다. 모르긴 해도 이또동 씨에게는 남자 형제가 여럿이 있었을 거야. 그러니까 이름이 또동이지.

그는 마당 한가운데에 무척 큰 무화과나무가 있는 집에서 살았었는데, 얼마나 무화과가 많이 열리는지 무화과가 익는 늦여름부터는 그 집에 동네 아이들이 늘 들끓다시피 했었다.

그런데 아무리 동네 아이들이 무화과를 몰래 훔쳐 따 먹어도 이또동 씨는 한 번도 우리를 나무라거나 잡으려 하지 않았었다. 그저 사람 좋은 목소리로,

"그만 따 묵어라! 많이 처묵으모 설사한다카이." 이러고는 그만이었다.

하긴 우리를 잡으려 해도 잡을 수도 없었을 테지.

힘든 고깃배 일이 끝나자마자 술을 많이 마셔서 늘 술에 절어 있는 상태였으니까….

그 이또동 씨 집, 사람을 어쩐지 노곤하게 하는 아릿한 무화과 향기 가득한 그 집에서 있었던 일이었는데….

그 이또동 씨 집에 나도 가끔 무화과를 따 먹으러 가곤 했었는데, 어떤 가을날, 하늘이 얼마나 높고 파란지 어린 내 가슴이 다 시리도록 맑은 날이었는데, 이날은 마침 다른 아이들은 보이지 않고(아마 학교 뒤 용마산으로 개암 따 먹으러 갔거나, 바다로 흘러드는 봉암천에 뱀장어 잡으러 갔거나 했겠지.) 집주인도 출타 중인지 인기척이 없었다.

그래서 나는 느긋하게 잘 익어서 꿀물이 드러나도록 벌어진 무화과만을 골라 따고 있었다.

그러다가 나는 이상한 느낌에 뒤를 돌아보고는 화들짝 놀라고 말았다.

언제 들어왔는지 파란 남색 치마에 고운 색동저고리를 받쳐 입은 얼굴이 하얀 아이가 웃으며 서 있었기 때문이었다.

눈이 얼마나 큰지, 지금은 얼굴은 뚜렷이 기억나지 않고 슬프게 느껴지는 큰 눈만 생각난다.

나는 아무 말도 못 하고, 그 자리에 얼어붙은 듯이 서 있었다.

그 아이가 나에게 예쁜 목소리의 서울 말씨로,

"얘, 그거 맛있니?" 하고 물었을 때에서야 나는 정신을 차릴 수 있었고, 곧 나는 품속에 따 넣은 무화과 몇 개를 얼굴이 빨개진 채 건네고는 이또동 씨 집을 뛰어나오고 말았지.

그날 이후 나는 갑자기 철든 것처럼 혼자 집에 틀어박혀 있든가 아니면 아이들을 피해 나 혼자서만 여기저기 돌아다니게 되었다.

그 아이는 우리 동네의 소리꾼 여자가 창(唱)을 가르치는 제자였는데, 그날 내가 처음 얼굴을 보게 되었던 거지.

얼마나 가혹하게 가르치는지 회초리로 등, 허벅지, 종아리 등 닥치는 대로 때려서 온몸에 성한 데가 없다고 동네에 소문이 퍼져 있을 만큼 소리 공부를 열심히 하고 있었단다.

그러나 매를 많이 맞았다는 것은 거짓 소문이었던 것 같았어. 왜냐하면 그 아이의 표정과 행동이 그렇게 밝았던 것을 보면….

그 가을날 이후 나는 거의 매일 그녀의 집 주변을 배회하기 시작하였었다.

행여나 그녀의 눈에 띌까 오히려 겁을 내면서 핏빛 붉은 꽃송이가 가슴 저리도록 예쁜, 키 큰 칸나가 우거진 골목길을 기웃거렸다.

간혹 청아하면서도 투명한 그녀의 창(唱)이 들리지 않을 때면 한없이 조바심치며 그녀의 소리가 들릴 때까지, 어두워져서 골목 어귀의 전봇대에 방범등이 켜질 때까지 기다리곤 하였다.

골목 안 그녀의 집은 해방 전에 일본인이 살던 집이었는데, 정원이 얼마나 넓고 백일홍(百日紅), 불두화(佛頭花), 단풍나무, 매화나무, 벚나무, 목련 등의 나무가 많았던지 한여름 대낮에도 그 골목 전체가 푸른 녹음(綠陰)에 휩싸여 늘 서늘한 청량감(淸凉感)을 느낄 수 있었다.

큰 벚나무가 특히 많아서 봄에 학교 뒤 용마산에서 내려다보면, 그 집은 만발한 벚꽃 때문에 온통 하얀 꽃구름 속에 묻혀 있는 것 같았다.

간혹 드물게 그녀와 마주치는 날이 있기도 했었다.

한번은, 그날도 학교를 파하고 책가방을 마루에다 아무렇게나 팽개쳐 두고는 곧장 이또동 씨 집을 지나(무화과는 다 따 먹고 없었다.) 탱자나무 울타리의 함안댁(이 집 딸이 나하고 같은 반이었던 정희였는데, 지금은 꽤 근사한 음식점 사장님이다.) 집을 거쳐 요정(料亭)집 골목으로 가고 있는 중이었다.

참, 그때 우리는 그 집을 요정집이라고 불렀었다. 왜냐하면 그 소리 선생은 부산의 무슨 큰 회사 사장의 첩이었고, 그 집 주인이 바로 그 사장이었던 것, 그리고 그 소리 선생이 그 집에 살면서 자주 사장의 사업상 접대 일을 맡아 했던 거지.

그 집에 행사가 있는 날에는 동네 공터에 검은색 지프차와 택시들이

옛날이야기

꽉 들어찼고, 고기 굽는 냄새가 온 동네에 진동을 해서 우리들은 코를 벌름대며 입맛을 다시곤 했었다.

명절 때나 맡을 수 있었던 너비아니 고기구이 냄새며, 전 붙이는 기름진 냄새, 또 간간히 골목 밖으로 흘러나오는 남자들의 홍소(哄笑)와 장구 소리, 소리 선생의 갈라진 듯 하면서도 구성진 노랫가락 소리, 또 맑고 애잔한 그녀의 예쁜 소리. 이런 것들이 동네 사람들로 하여금 그집을 요정집이라 칭하게 했던 것 같았다.

그 골목 입구에 들어서자마자 요정집 대문이 열리면서 소리 선생하고 그녀가 나오는 것이 보였다.

어깨 너머로 길게 내려뜨린 그녀의 숱 많은 머릿결과 훌쩍 큰 키에 나이보다 숙성해 보이는 그녀의 모습을 보는 순간, 나는 뱀 앞의 개구리처럼 꼼짝 못 하고 그 자리에 굳어 버리고 말았다.

"사장님 댁 도련님이 여긴 우짠 일로 왔을꼬?"

소리 선생의 말소리에 간신히 정신을 차렸을 때, 그들은 벌써 저만치 멀어져 가고 있었고, 그녀는 가던 걸음 중에 잠깐 뒤돌아보며 생긋하고 나에게 웃어 주었다.

아, 그때의 황홀함….

나는 너무나 기뻤던 나머지 맑은 가을 햇살 아래 은빛 갈치의 비늘처럼 반짝이는 마산 앞바다가 내려다보이는 용마산 중턱에까지 단숨에 뛰어 올라갔었다. 그리고 씨근대는 목소리로 환희에 차서 소리쳤다.

"웃었다! 나를 보고 웃었다! 그 예쁜 금단이가…."

참, 그녀의 이름은 금단(琴湍)이었다.

그날 나는 저녁밥도 먹는 둥 마는 둥 기쁨에 들떠 밤새 잠을 설쳤었다.

그리고 또 한번은, 아마 10월도 다 저물어 가는 어느 토요일 오후였을 거야. 우리가 자주 찾는 곳 중의 하나가 어시장이 끝나는 곳의 방파제였는데, 그 방파제에서 금단이를 만났었다.

이곳에서 우리는 낮에는 낚시를 하고, 밤, 특히 여름날 밤에는 방파제에 부딪히는 파도의 포말(泡沫)이 파랗게 인광을 빛내면서 환상적으로 반짝이는 광경을 보기 위해 자주 찾곤 했었다.

칠흑 같은 어둠 속에서 파도가 부서질 때마다 시퍼런 진녹색의 인광(燐光)이 마치 살아 있는 생물처럼 휘황찬란한 빛을 뿜으며 꿈틀대면서 밤바다 저 멀리 퍼져 나가는 광경은 참으로 장관이었다.

우리는 그 인광이 바다에서 죽은 이들의 혼령일 것이라고 믿어, 두렵고도 경건한 마음으로 말없이 지켜보곤 했었다.

파란 가을 하늘 아래 붉디붉은 칸나꽃과 셀비아꽃이 끝없이 이어진 방파제 길 너머로 펼쳐진 쪽빛 바다와, 아스라히 멀리 누워 있는 수평선은 어린 우리들까지도 이국적인 정취에 젖게 하여 남모를 향수(鄕愁)를 느끼게 하였다.

이 방파제에서 우리는 곧잘 저녁 찬거리를 해결하곤 했었는데, 그때는 고기가 얼마나 잘 잡혔던지 망가진 대나무 우산대에 낚싯줄을 매달고, 고둥이나 게 다리를 꿰어서 던져도 금방 꼬시래기나 놀래미, 꺽둑어 등이 줄줄이 올라오곤 했었다.

그날도 우리는 저녁이 되기 전에 억새풀로 만든 꿰미 가득히 고기를 꿰어 집으로 돌아갈 채비를 하는 중이었다.

옛날이야기

그런데 우리 중의 하나가 낮은 목소리로,

"애들아, 저기 뒤에 요정집 서울내기가 와 있다. 한번 보거래이. 틀림없제?" 하고 속삭였고, 이 소리에 나는 감전(感電)된 것처럼 갑자기 온몸에서 힘이 쭉 빠져나가는 것을 느꼈다.

아마도 금단이는 소리 선생을 따라 어시장에 장을 보러 나왔다가 우리를 발견하고, 낚시하는 모습을 한참 동안 구경하고 있었던 듯했다.

"새끼 기생이 예쁘기는 참말로 예쁘제? 소리도 잘하고 마음씨도 착하다던데 학교에는 어째서 안 다니는지 모르겠더라."

친구 하나가 이렇게 말하자 그 옆에 있던 친구가,

"야, 이 바보야! 기생이 되면 남의 첩이 될 텐데 첩한테 무슨 공부가 필요할끼고? 기생 첩은 노래나 잘하고, 얼굴 화장이나 잘하면 된다더라."라고 말했다.

그 말에 나는 가슴 한구석이 저려 오는 듯한 아픔을 느꼈다.

금단이는 우리가 낚시 도구와 억새풀 고기 꿰미 등을 챙겨서 돌아갈 준비가 거의 다 되었을 때에서야 비로소 우리에게 가까이 와서,

"너희들 낚시질 참 잘하더라. 나도 한번 잡아 보게 낚싯대 좀 빌려주면 안 되겠니?"라고 다정하게 말을 걸었다.

친구 녀석들은 저희들끼리 낄낄대며,

"가시내가 웃긴다. 우리를 언제 봤다고 아는 척하노? 나는 먼저 갈란다. 집에 늦게 가면 아버지한테 맞아 죽는다." 하고는 뒤를 돌아보지도 않고 가 버렸다.

내가 낚시바늘에 미끼를 달아서 건네어 주자 그녀는 기쁨과 고마움

을 담뿍 담은 표정으로,

"지난번에 네가 준 무화과 참 잘 먹었다. 무화과는 그때 생전 처음 먹어 본 거야. 서울에는 무화과나무가 없거든."라고 말했다.

나는 그저 고개를 끄덕여 주었을 뿐 아무 말도 할 수 없었다.

그녀의 하얀 살결과 크고 맑은 눈이 햇볕과 바닷바람에 검게 그을린 나를 한없이 부끄럽게 만들었기 때문이었다.

금단이와 나는 낚싯대를 드리운 채 아무 말 없이 저녁노을에 붉게 물들어 가는 수평선을 바라보고만 있었다.

노을에 젖은 조각구름들이 점점 잿빛으로 변하여 마침내 어둠 속에 잠길 때까지 우리는 같이 있었다.

간혹 물고기들이 미끼를 물고 흔드는 어신(魚信)이 몇 번인가 있었지만, 우리는 어둠 속에 잠겨 가는 먼 수평선만 바라보았다.

그 뒤로도 한두 번의 짧은 조우(遭遇)가 더 있었으나, 한마디의 이야기도 서로 주고받은 적은 없었다. 나의 소심함과 그녀의 일상(日常)이 우리와는 너무 달랐기 때문이었을 것이다. 그러나 나는 느낄 수 있었다. 그녀도 나의 존재를 인식하고 있으며, 그것도 나에 대한 호감과 어떤 기대감에 바탕을 둔 것이라는 것도….

하지만 인생이라는 것이 얼마나 불확실하며, 급작스럽게 돌변하는 것인지, 지금도 그 가슴 설레던 가을 끝의 서글펐던 겨울을 생각할 때면, 한숨과 함께 그 당시의 어렸던 내가 겪었던 좌절과 아픔이 얼마나 컸던지 나 자신에 대한 연민의 정을 어쩔 수가 없다.

옛날이야기

가을이 다 가고 하루가 다르게 찬바람이 매서워지자 동네에서는 김장 준비며 문 창호지 바르기며 겨우내 땔 장작 준비 등으로 모두들 바쁘게 움직였었다.

바로 이 무렵 우리 집에 큰 변화가 생겨나고 있었다. 아버지가 벌여놓은 사업이 자꾸 기울기 시작한 것이었다.

당시 아버지는 운수업을 하고 있었는데 하루가 멀다 하고 사고가 나는 것이었다. 그리고 그해 말, 성탄절 무렵에 아버지는 모든 것을 다 잃고 말았다.

봄에 우리는 다른 동네의 작은 집으로 이사를 가야만 했었다.

아버지는 새 사업 때문에 서울로 올라가 버리셨고, 어머니는 매일매일을 한숨으로 보내고 있었다.

어려서 아직 철부지들이었으나, 머지않은 미래에 닥쳐올 불행에 대해서 우리 여섯 남매들은 모두 막연한 두려움을 갖고 있었다.

늘 시끌벅적하던 분위기는 무겁게 가라앉아서 아무도 노래하거나 웃거나 쓸데없이 떠들지 않았다.

간혹 한밤중에 오줌이 마려워 일어나 보면, 어머니는 여태 잠들지 못한 채, 멍하니 대문 쪽만 바라보고 계셨다. 아마도 아버지가 돌아오시기를 기다렸을 터이었다. 나는 죄인처럼 살금살금 어머니 옆을 지나, 대청마루에서 소리 죽여 마당에 내려서서 화단으로 갔다.

검푸른 서쪽 하늘에는 지다 만 달이 겨울바람에 시달리며 창백하게 매달린 채 떠 있었고, 화단의 앙상한 나뭇가지들도 차가운 겨울바람에 날카로운 소리를 내며 떨고 있었다.

나는 나 자신에 대한 분노와 죄책감 때문에 추위도 잊은 채, 바지춤을 내리고 맹렬하게 오줌을 내쏘았다.

내가 가졌던 죄책감은 아마도 금단이에 대해 가지고 있던 꺼지지 않는 그리움 때문이었을 것이다.

집안이 기울고 있었는데도 나는 늘 그녀 생각을 떨쳐 버릴 수가 없었고, 어린 마음에 이것이 무슨 씻지 못할 큰 죄라도 되는 것인 양 가책을 느꼈었다. 그래서 이를 악물고 그녀로부터 벗어나기 위해 몸부림치기 시작했다.

그녀가 사는 쪽으로는 되도록 가지도, 쳐다보지도 않으려 노력했고, 간혹 길에서 그녀가 보여도 내가 먼저 돌아서 버리곤 하였다.

그러나 좁은 동네에서 아무리 내가 기를 쓰고 피하려 한들, 영원히 마주치지 않기란 애당초 불가능한 일이었고, 곧 그녀와 정면으로 마주치고야 말았다. 성탄 전야의 교회에서….

나는 원래부터 기독교 신자는 아니었다. 아니, 우리 집은 오히려 불교 쪽에 더 가까웠다. 그래서 1년에 한두 번은 어머니가 근처에 있는 절에 가서 꼭 불공(佛供)을 드려야 심적으로 편안해하셨고, 우리 식구들도 그러한 행사를 당연한 것으로 받아들였다.

어머니가 불공 드리러 갈 때는 간혹 내가 동행을 하기도 했었다.

동네 앞바다로 흘러드는 봉암천을 건너서, 거의 한나절을 걸어야 하는 먼 길이었지만, 어머니와 나는 언제나 즐거운 마음으로 소풍이라도 가듯이 가볍게 다녀오곤 했었다.

다녀오는 길에 어머니는 풀섶에 피어 있는 작고 예쁜 꽃 이름들을 나에게 참 많이도 일러 주었다.

아기나리, 범부채, 오랑캐꽃, 여뀌, 괭이밥, 며느리 밥풀꽃, 고마리꽃 등…. 그런 어머니로부터 나는 얼마나 오붓한 행복감을 느꼈는지 모른다.

그리고 절에서 먹었던 그 정갈했던 절밥, 비구니들의 친절한 환대, 불공을 끝내고 내려올 때 내 손에 들려 주었던 빨간 앵두며 새까만 오디 등, 나에게는 언제나 소풍과도 같은 즐거운 나들이 길이었다.

그런 내가 교회에 가게 되었던 것은 첫째, 악동 친구들의 유혹 때문이기도 하였다.

이놈들은 성탄절 날 교회에서 주는 선물에 눈이 어두워서 해마다 성탄절 무렵에만 철새처럼 교회에 출석하였다가, 공책이나 필통 따위의 학용품과 과자나 사탕 등의 선물만 챙기면 그만인 놈들이었고, 자포자기 상태였던 나는 그나마 나름대로의 고통을 잊기 위한 방편으로서 그놈들과 어울렸던 것이었다.

둘째로는 새벽에 울리는 교회의 종소리에 이끌렸기 때문이었다.

언제부터인지 어머니는 새벽에 일어나셔서 기구(祈求)를 하셨는데, 습관적으로 나도 그 시간 동안 잠깐 잠에서 깨어나게 되었고, 이때가 아마 새벽 4시 무렵이었을 터인데, 이 시간이면 영락없이 교회의 종소리가 들렸던 것이었다.

그 종소리, 마음을 가라앉혀 주면서, 온갖 서글픈 상념(想念)-어머니 생각, 아버지 생각, 청색증(靑色症)에 걸린 친구 생각, 오동동 다리 밑의 거지 부부 생각, 또 나 자신에 대한 한심함, 금단에 대한 어쩔 수 없는 그리움 등.-을 다 불러내어서 어린 나로 하여금 눈물로 베갯머리를 적시게 하였었다.

나는 그 종소리를 들으면서 나도 한번 교회에 가 보리라. 그래서 죄(죄라고 해 보아야 친구들과 싸움한 죄, 술밥, 무화과 훔쳐 먹은 죄, 동생들을 때려 준 죄, 새끼 밴 어미 개에게 돌멩이 던진 죄, 부모님 몰래 금단이를 그리워한 죄 등)를 빌고 마음의 평화를 느끼리라고 다짐하면서 혼곤히 깊은 잠에 다시 빠져들곤 하였었다.

그날, 성탄 전야에도 친구들은 선물을 받자마자 웃고 떠들며 교회 밖으로 흩어져 나갔고, 나는 조금 뒤처진 채 교회 밖으로 나서고 있었다.

자정을 넘어선 시간이었으나 거리마다 촛불을 켜 든 성가대(聖歌隊) 아이들이 촛불을 밝히고 성탄 축하의 노래와 찬송가를 부르며 지나가고 있었다.

교회 첨탑(尖塔) 위의 십자가 밑으로부터 교회 마당에 서 있는 아름드리 느티나무의 가지가지마다 드리워진 형형색색의 꼬마전구들은 겨울바람에 금방이라도 꺼져 버릴 것처럼 흔들리며 애처롭게 깜박이고 있었다.

나는 갑자기 갈 곳을 잃고 멍하니 우리 동네 쪽을 바라보았다.

바다를 향해 앉은 우리 동네는 한 마리 가엾은 짐승처럼 엎드려 있었다.

집으로 가 보아야 어두운 표정의 어머니와 풀 죽은 동생들의 잠든 모습, 그리고 견디기 힘든 적막감뿐이리라….

나는 다시 발걸음을 돌려 교회당 안으로 들어갔다.

성탄 예배가 끝나고 사람들이 모두 빠져나간 교회당 안은 어수선하고, 쓸쓸했으나 아직 엄숙하고 경건한 분위기가 그대로 남아 있었다.

나는 맨 뒤, 되도록 사람들 눈에 띄지 않는 곳을 골라 앉았다. 그리고는 무의식중에 주위를 둘러보았을 때 나는 내 눈을 의심하지 않을 수 없었다.

나로부터 얼마 떨어지지 않은 앞자리에 누군가 앉아 있었고, 그가 바로 금단이었음을 나는 즉시 알 수 있었다.

그렇게 고운 머릿결과 고운 이마, 하얀 목덜미를 가진 아이가 그녀 외에 또 누가 있단 말인가?

갑자기 내 가슴은 세차게 고동치기 시작하였고, 내 입술은 바작바작 타들어 가기 시작하였다.

그녀는 간절히 기도하고 있는 듯했다. 두 손을 모으고 고개를 수그린 채 미동(微動)도 하지 않고, 한참을 그러고 있었다. 그러다가 누가 등 뒤를 찌르기라도 한 듯 갑자기 뒤를 돌아보았고, 나와 눈이 마주치고 말았다. 그녀의 큰 눈, 무화과나무 아래에서 처음 보았던 그 크고 맑은 눈에는 눈물이 어려 있었다.

나를 본 그녀는 망설임 없이 자리에서 일어났고, 곧장 나에게로 걸어왔다. 순간 나는 혼란에 빠지고 말았다.

그녀로부터 벗어나고 싶다는 마음과 잠시라도 그녀와 함께 있고 싶다는 강렬한 욕망 사이에서 나는 어쩔 줄 몰라 했다. 그러나 나는 당당히 그녀와 맞서기로 하였다.

"너의 누나와는 요즘 가끔 만났었다. 너의 집에서는 너 때문에 걱정이 많은 모양이더라."

그녀는 우리 누나를 언니라 부르며 따랐었고, 언제부터인지 가끔 만나서 서로 이야기를 주고받는 사이가 되어 있었던 모양이었다. 그러나 우리 집에서는 그것을 결코 달가워하지 않았었다.

그녀는 소리꾼 선생을 거들어서 술 시중도 들었을 터이고 그러다 보면 깨끗하지 못한 눈길과 손길도 탔을 것이라고 짐작들을 하였던 것이었다.

그런 그녀와 친구로 지내는 것을 허락할 어른들이 아니었다. 그러므로 모르긴 해도 둘은 우리 집이 아닌 정희네 집에서 정희의 언니와 함께 종종 만났을 것이었다.

정희네 언니와 우리 누나는 여중 3학년 같은 반이었고, 정희의 어머니 함안댁은 금단을 정말 가엾게 여기고 아꼈었다. 그래서 간혹 불러서 먹을 것도 챙겨 주었고, 낮 동안 아이들이 모두 학교에 가고 아무도 없을 때는 말벗도 해 주곤 하였었다.

그래서 우리는 그녀가 자주 정희네 집에 드나드는 것을 볼 수 있었다.

그녀의 이름이 금단이란 것도, 나보다 나이가 두 살이 더 많다는 것도, 아주 어렸을 때부터 부모와 사별하였으며 소리꾼 선생과는 먼 친척이 된다는 것도 모두 정희를 통해서 알게 된 것이었다.

나는 그저 그녀의 얼굴만 가만히 바라다볼 수 있었을 뿐 한마디의 말도 할 수 없었다.

얼마나 많은 날들을 그녀 생각으로 보내었던가? 얼마나 많은 날들을 그녀 생각으로 잠 못 이루고 그리워했었던가?

그녀는 자연스럽게 내 옆자리에 앉았고 차분하고 맑게 가라앉은 목소리로 다시 이야기하였다.

"서울 가신 너의 아버지께서 곧 내려오신다고 하더라. 이젠 더 걱정 안 해도 된다는데 제발 기운을 좀 내야지…. 집에서 너 때문에 걱정이 많다더라."

그리고는 가만히 내 손을 가져다가 마치 아이를 달래듯이 두 손으로 감싸 주었다.

우리는 한참을 그 자리에서 아무 말 없이 손을 맞잡은 채 앉아 있었다.

가끔 교회 뒤 숲속에서 산비둘기 우는 소리와 메마른 낙엽이 바람에 쓸리는 소리만이 정적을 더해 주고 있었다.

교회 밖으로 나와 헤어질 때, 그녀는 말하였다.

"나는 곧 서울로 가야 해. 부산 사장님이 우리 집을 팔았대. 그래서 이번 설만 여기서 쇠고 서울로 가야 한대. 서울 가기 전에 우리 다시 한번 만났으면 좋겠다."

그제서야 나는 그녀의 기도와 눈에 어린 눈물의 이유를 알게 되었고, 뒤이어 깊은 절망감과 허탈감을 맛보아야 했다.

그러나 어찌하랴. 이제 겨우 열세 살짜리 어린 소년에 불과한 내가 할 수 있는 일은 아무것도 없었다.

그것이 그녀와의 마지막 만남이었다.

그해 겨울엔 유달리 눈이 많이 내렸었다.

설 무렵엔 폭설이 내려서 검푸른 앞바다만 빼놓고 세상은 온통 하얀 눈빛이었다.

눈 내린 아침에 눈을 떠 보면 장지문 밖에서 들어온 하얀 눈빛이 방 안 구석구석까지 은은히 비추어 주었고, 그 하얀 눈빛 때문에 지난 가을 방문 창호지를 바를 때 곱게 말려 같이 바른 구절초며 분꽃, 단풍 잎, 과꽃 잎 등의 아름다운 색상이 눈부시게 살아나곤 했었다.

이렇게 눈 내린 날엔 대문 밖 공터에서 떠드는 아이들의 소리도 마치 깊은 땅 밑에서 울려 오는 듯 아득히 멀게 들렸었다.

대문 밖을 나서 보면 하얀 눈을 머리에 이고 있는 무학산은 평소보다 훨씬 가깝게 동네 쪽으로 불쑥 다가와 있는 것처럼 보였고, 윗동네 교회의 뾰족한 지붕은 눈에 덮여, 동화 속의 성처럼 아름답게 반짝이고 있었다.

용마산에서 내려다보이는 바다는 눈을 뒤집어 쓴 돝섬을 가운데 올려놓은 채, 가만히 펼쳐 놓은 남(藍)색 비단 보자기처럼 그렇게 잔잔했었다.

그날, 설 쇠고 며칠 지나지 않은 날이었는데, 거리는 막 녹기 시작한 눈 때문에 질척대기 시작했으나 금단네 골목은 응달져 있었기 때문에 아직도 녹지 않은 잔설(殘雪)이 파랗게 빛나고 있었다.

매일매일의 시작을 금단이네 골목 살피는 일로 정한 나는, 그날도 정희네 탱자나무 울타리를 지나던 내 눈에 동네 공터에 큰 트럭이 한 대 들어와 있는 것이 띄었다.

나는 직감적으로 그것이 무엇을 의미하는지 알 수 있었다.

나는 허둥대기 시작했다. 그리고는 골목 입구에 붙어 서서 기다리기 시작했다. 그리고 간절한 마음으로 기도하였다. 저 트럭이 금방 여기를 떠나도록. 그래서 금단이네가 이사 가는 일이 없도록 해 달라고….

그러나 금단이네 집 쪽에서 끊임없이 들려오는 이삿짐 옮기는 부산스러운 소리는 나의 희망을 여지없이 짓밟아 버리고 말았다.

이윽고 사장이 탄 지프차가 들어왔고, 곧 소리 선생과 금단이가 대문 밖으로 걸어 나왔다. 소리 선생이 밝은 표정으로 먼저 차에 올랐고, 금단이는 침울한 표정으로 한동안 허공을 초점(焦點) 없는 눈으로 응시하다가 천천히 차에 올랐다.

차에 오를 때 얼핏 보였던 그녀의 새하얀 버선발이 아프게 내 가슴에 낙인(烙印)으로 찍혔다.

그리고 잠시 후, 꿈결처럼 내 시야에서 사라지고 말았다.

그것이 내가 마지막으로 본 금단이의 모습이었다. 그날 이후 한동안 나는 먹지도 자지도 못했다.

간혹 어쩔 수 없는 그리움을 달래기 위해 금단이와의 추억이 어려 있는 무화과나무 아래며, 요정집 골목, 차가운 바닷바람 몰아치는 방파제길, 용마산 언덕, 교회당 등을 미친 듯 헤매어 보기도 했지만, 그리움의 고통은 오히려 커져만 갈 뿐이었다.

모든 것이 금단이를 연상(聯想)케 하여 하루하루가 견디기 힘든 나

날들이었다.

꽃을 보아도, 바다를 보아도, 구름을 보아도, 바람이 불어도, 노랫소리를 들어도 금단이의 깊고 그윽한 눈길과 숱 많은 머릿결, 예쁜 목소리 등이 떠올랐다.

봄에 우리는 다른 동네로 또다시 이사를 하였고, 그해 겨울, 아버지의 새 사업장이 있는 서울로 다시 이사를 하게 되었다.

서울에 와서도 나의 열병 같은 고통은 한동안 더 계속되었으나, 그사이 훨씬 무디어져 있었다.

세월은 계속 흘러갔고, 금단이에 대한 추억도 이제는 가슴 깊숙한 곳에 침잠(沈潛)해 버렸다.

그러나 내가 치렀던 소년기의 치열하고도 열병(熱病) 같았던 첫사랑은 나로 하여금 연애 기피론자가 되게 하였다.

대학 시절 그 흔한 미팅 한 번 해 보지 못했었고, 오히려 그들을 꼬드겨서 벚꽃 만발한 북한산 골짜기나 인천 앞바다의 작약도 등으로 허구한 날을 술이나 마시러 가도록 유인하곤 했었다.

어쩌면 이러한 나의 행동도 금단이에 대한 그리움이 여태 남아 있었기 때문이었는지도 모른다.

간혹 길을 걷다가 금단이를 닮은 여인을 몇 번 만난 적이 있었지만 애써 고개를 돌리고 그 옆을 지나쳤었다.

설사 그 여인이 정말로 금단이라 한들, 어린 소년에 불과했던 나의 순수한 열정을 변함없이 받아 줄 것이라고 절대로 기대하지 않았기 때

　　　　　　　　옛날이야기

문이었다.

치열했던 내 소년 시절의 철없던 사랑은 고목(古木)의 옹이처럼 깊은 상처를 소년의 가슴에 남겼고, 이 또한 피할 수 없는 짓궂은 운명이었음을 나는 알고 있었다.

내가 가지고 있었던 금단이에 대한 순수한 사랑과 뜨거운 열정은 결국 나만의 것이었을 터이고, 그 순수함과 그리움으로 잠 못 이루었던 그 많은 밤도 나만의 추억이었던 것이다.

그러나 지금도 나는 깊고 그윽한 눈길을 가진 여인을 보면, 숱 많은 머릿결에 덮인 고운 이마를 가진 여인을 보면, 맑은 목소리로 차분하고 다정하게 이야기하는 여인을 보면 내 마음은 한없이 들뜨기 시작한다.

지금은 죽어 버리고 없는, 그 옛날 내가 가장 순수했던 시절에 가질 수 있었던 그 열정을 다시 한번 화산처럼 분출해 낼 수 있기를 간절히 소망하기 때문이다.

- 끝 -

2) 옛날 이야기 2

옛날 우리 동네에 구복이란 놈이 살았었는데, 이 녀석 먹성이 얼마나 좋은 놈이었던지 먹어서 죽지만 않는 것이라면 무엇이든 다 먹어 치우는 놈이었지.

부엌의 벽에 걸려 있는 마늘도 걷어 내려 구워 먹고, 날감자도 얼굴 찡그리지 않고 잘 씹어 먹고, 메주 쑨다고 삶아 놓은 콩도 무지 많이 퍼먹고 설사하고, 설탕인 줄 알고 조미료도 큰 숟가락으로 몰래 퍼먹고, 할배, 할매의 기침약도 몰래 훔쳐 먹는. 참 못 말리게 먹성이 좋은 놈이었다.

그래서 이 녀석의 손에는 늘 우리가 이해할 수 없는 이상한 것들, 남들은 도저히 먹을 수 없는, 출처가 불분명한 것들이 들려 있었다. 예를 들면, 녀석의 손때에 시커멓게 절은 국수 가락이나 물에 퉁퉁 불은 문어 다리, 살점이 하나도 붙어 있지 않은 돼지 족발, 바나나 껍질, 구운 갈치 토막 등…. 그리고 이런 것들이 구복이 손에 들려 있을 때에는 항상 우리 집 개 토미도 같이 있어서 서로 사이좋게 나눠 먹곤 했었다.

결국 토미는 구복이 녀석 때문에 식성도 더럽게 바뀌고 말았다.

우리 집 토미는 원래 식구들이 남긴 밥이나 삶은 보리와 같은 고상한 음식으로 식사하는 습관을 가지고 있었는데, 입맛이 변하여서 그런지 어떤 날부터 갑자기 밥도 남기고 길거리의 쓰레기 더미도 뒤지고 다니는 못된 습관이 생기게 되었다.

그런데 이 구복이 녀석이 이번에는 그 염치없는 먹성 때문에 온 집안 식구들로부터 몰매를 맞고 벌거벗겨서 쫓겨나는 사고를 치고 말았다.

구복이네는 2남 4녀였는데 구복이가 제일 막내였다. 첫째가 딸, 둘째가 또 딸, 셋째가 비로소 아들, 넷째가 또 딸, 기대와 다르게 다섯째가 또 딸, 아들 하나로는 도저히 불안하다 해서 또 한 번 시도해서 겨우 여섯째가 아들 구복이. 이렇게 여섯 남매였다.

위로 큰딸 하나만 중학생이고 구복이 빼놓고 나머지 넷이 모두 같은 국민학교(지금의 초등학교)에 다녔었다.

그래서 구복이네는 봄 소풍이나 가을 소풍, 또는 가을 운동회 같은 행사가 닥치면 온 집안에 비상이 걸리다시피 했다. 왜냐하면 네 명의 점심 도시락 외에 소풍 가서 먹을 주전부리감을 준비하는 일에서부터 공평하게 분배하는 일까지인데, 만약에 삶은 계란 하나라도 누구에게 더 가고 덜 가는 일이 생기면 당장 살벌한 싸움판이 벌어진다.

또 이렇게 준비하고 엄정하게 분배된 주전부리감을 구복이로부터 무사하게 지켜 내는 일들이 보통 일이 아니었기 때문이었다.

그 당시 소풍 갈 때 가져가는 먹을 것들을 대충 살펴보면, 기본형이 김밥에 사이다 한 병, 삶은 계란 세 개, 사과나 감 한 알, 또는 대추 한 움큼, 삶은 밤 몇 톨, 밀크 캐러멜 한 곽, 구운 오징어 반 마리 정도….

좀 있는 집 애들은 여기에다 초콜릿이나 양과자, 바나나 두어 쪽 더, 그리고 조금 어려운 집 애들은 사이다, 밀크 캐러멜, 오징어 다 빼고 그냥 깨소금 주먹밥에 왕사탕 두 알(갈 때 한 알, 올 때 한 알) 정도였다.

구복이네는 어떤 편이었냐 하면 '기본'이었지. 알뜰한 진주댁(구복이 엄마를 진주에서 시집왔다고 해서 진주댁이라고들 불렀다)이었지만, 아이들 먹이는 데에는 씀씀이가 좀 큰 편이었으므로 계란도, 사과도, 오징어도 될 수 있으면 좀 더 많이, 좀 더 크고 비싼 놈으로 준비하곤 했었다. 그리고는 네 몫으로 정확하게 나누어서 애들 각각의 배낭 안에 챙겨 넣어 안방 벽장에 나란히 보관해 두었었다.

이런 준비 과정은 소풍 가기 일주일 전부터 시작해서 소풍 전날이 되어서야 완전히 마무리가 되었다.

밀크 캐러멜과 사이다가 제일 먼저 분배되고, 그다음이 오징어와 과일, 마지막으로 삶은 밤과 삶은 계란이 공평하게 분배되었다.

이 무렵 우리가 즐겨 찾던 소풍 장소는 세 군데였다.

1, 2학년들은 학교에서 가장 가까운 용마산으로서 학교 뒷산인데 잔잔한 마산 앞 바다가 내려다보이고, 봄에는 연분홍 진달래꽃이 물감을 뿌려 놓은 것처럼 온 산을 붉게 물들이고, 가을에는 억새풀로 산 중턱부터 꼭대기까지 덮여서 햇빛에 황금빛으로 찬란하게 불타오르는 듯 아름답게 보였다.

3, 4학년들은 봉암(鳳巖) 수원지(水源池)로 갔었다. 걸어서 두 시간은 족히 걸리는 곳이었지만, 봉암천으로 흘러드는 계곡물을 따라 펼쳐지는 숲속의 좋은 경치는 우리를 지루한 줄 모르고 걸을 수 있게 하였다. 산중턱에 자리한 수원지는 우리 마산 사람들의 식수원(食水源)이었는데 물빛이 얼마나 맑고 깊은지, 들여다보고 있노라면 으스스한 느낌이 들 정도였다.

그리고 5, 6학년들은 서원(書院)골로 갔었다.

이곳은 산이 제법 깊어서 해마다 길을 잃고 헤매는 녀석들이 꼭 한두 명씩 생기곤 하였다. 그래서 어떤 싱거운 어른들은 이 산에는 문둥이들이 살고 있고, 문둥이들은 어린 아이들의 간을 먹어야 문둥병이

낮기 때문에 길을 잃은 아이들을 잡아간다는, 말도 안 되는 이야기를 일부러 퍼뜨리기도 하였다. 그런데도 선생님들은 아이들이 다 커서 길을 잃을 만큼 멍청한 아이는 절대로 없을 거라고 믿어서 그러는지는 몰라도 거의 해마다 정해 놓고 찾는 곳이 이곳이었다. 그러나 해마다 꼭 길을 잃거나, 집합 시간을 어기는 녀석들이 생겨서, 그들을 기다리느라 언제나 정해진 시간보다 한두 시간 늦게 집에 도착할 수 있었다.

손수건 돌리기나 장기자랑을 끝내고 나면 이어서 꼭 보물찾기를 하는데, 이 보물찾기가 가장 길고, 제일 재미있는 마지막 순서였다.

말이 보물찾기일 뿐이었고, 실제로는 선생님들에게나 아이들에게 똑같이 자유 시간이었기 때문이었다.

보물 교환권(대개 연필 한 자루, 깍두기 공책 한 권, 양철 필통, 또는 라이파이 만화 그림의 책받침 등)을 찾는 데는 사실 30분도 채 걸리지 않았었다. 그러나 아이들이 보물찾기를 하느라고 숲속으로 친한 친구들끼리 짝을 지어 들어가면 이때부터 선생님들도 자유롭게 학부모들이 보내 준 음료와 음식도 먹고, 풀밭 위에 팔베개하고 누워서 쉬기도 하였다.

아이들은 아이들대로 숲속 깊이 들어가서 머루나 개암, 다래, 으름 등을 주머니마다 가득가득 채우느라고 바빴었다. 그래서 보물찾기가 끝날 무렵이면 소풍도 끝내고 집으로 가야 하는 시간이 얼추 다 되어 있었던 것이다.

소풍 전날이면 아이들은 설레는 마음으로 잠을 설치면서, 내일은 제발 비가 오지 않기를, 그리고 빨리 날이 밝기만을 고대했었고, 성미 급한 녀석들은 소풍 가서 먹을 과자 보따리를 끌어안고, 자는 둥 마는 둥 하다가, 날이 밝기가 무섭게 아침밥도 거른 채 새벽같이 학교에 나오는 녀석들도 있었다.

그날은 가을 소풍 전날이었는데 구복이네 형과 누이들도 마찬가지로 설레는 마음을 달래기 위해 각자 자기의 배낭을 안방 벽장에서 찾아왔고 배낭을 열어 본 순간, 누가 먼저랄 것도 없이 동시에 비명 같은 소리가 합창이 되어 터져 나온 것이었다.

"오징어도 없어지고 사이다도 빈 병이네…. 밀크 캐러멜도 없다! 엄마야! 빨리 와서 내 배낭 좀 봐라! 이것 갖고 나는 내일 소풍 못 간데이! 잉잉, 이걸 우짜믄 좋노!" 하고 발을 동동 구르며 악을 썼고, 그 소리에 금방 구복이 엄마 진주댁과 구복이 아버지 성출 씨가 달려왔다. 그리고 이 모든 것이 구복이의 소행인 것으로 밝혀졌다.

한편, 구복이 녀석은 요즘 며칠째 우리 집에 와서는 토미와 함께 하루 종일 같이 있다가 가곤 하였다.

평소와는 다르게(평소에는 기껏해야 오징어 눈깔이나 녀석의 침에 퉁퉁 불은 오징어 다리 한두 개, 또는 삶은 고구마나 배추 꼬랑지가 고작이었다.) 녀석의 손에는 제법 큼지막한 오징어 몸뚱이라든가 밀크 캐러멜 한 곽이 들려 있었는데, 어쩐 일인지 자기 집 쪽을 자주 흘끔흘끔 넘겨다보는 꼴이 예사롭지가 않았다.

우리 어머니께서,

"구복이가 오늘은 맛있는 캐러멜을 먹고 있네. 나도 하나만 먹어 보자!" 하고 손을 내밀자 녀석은 손에 든 캐러멜 곽 속을 한참 동안이나

들여다보고, 또 세어 보고 하더니,

"안 된다. 이거는 토미 하나 주고, 나 하나 묵고, 또 토미 주고…" 하며 욕심 사납게 눈을 흘기면서 멀찌감치 자리를 피하더라는 것이었다. 그리고는 장독대를 돌아서 뒷마당으로 갔다는 것인데, 꽤 널찍한 뒷마당 한쪽에는 아름드리 감나무가 한 그루 서 있었고 그 옆에 여러 가지 잡다한 연장이라든가 잡동사니, 또 김장독을 묻을 때 덮어 줄 짚단 등을 넣어 두는 헛간이 있어서 녀석이 여름부터 자주 찾곤 하였었다.

녀석이 노리는 것은 텁텁하면서도 달콤한 감꽃과 빨간 깨꽃(셀비아 꽃)의 속잎이었다.

초여름부터 피기 시작하는 하얀 감꽃은 바람이 불고 난 다음 날 아침이면 뒷마당에 하얗게 떨어져서 우리들은 감꽃 목걸이를 만들어서 목에다 걸기도 하고 먹기도 했었다.

구복이 녀석이 이것을 그냥 놓칠 리가 없었고, 누구보다 일찍 일어나서 우리 집 뒷마당에 출동을 하여 감꽃으로 배를 채우곤 했었다.

그뿐 아니라 녀석은 깨꽃의 속잎이 달짝지근하다는 것을 알고는 그것을 뽑아 먹느라고 온통 꽃밭을 어질러 놓기도 예사로 했었다.

또 평소에 구복이 녀석은 빨간 깨꽃이나 보라색 과꽃, 노란 국화꽃 등이 예쁘게 피어 있는 뒷마당에서 텅 빈 듯 맑은 파란 가을 하늘을 떼지어 날아다니는 빨간 고추잠자리를 잡는답시고 자주 꽃밭을 뭉개어 놓기도 했었다.

그런데 요 며칠간 이 녀석은 어찌된 영문인지 따가운 가을 햇살 아래 유유히 날아다니는 잠자리들을 본체만체하고는 흘끔흘끔 주위를 살피더니 급하게 헛간 속으로 들어가는 것이었다.

그 속에서 녀석은 토미와 함께, 형과 누나들이 그렇게 갈망하고 고대하던 주전부리감들을 야금야금 아귀아귀 먹어 치웠던 것이었다.

녀석의 먹을 것에 대한 욕심이 얼마나 강했던지 한번은 토미가 물고 있던 문어 다리 하나를 토미의 입을 벌려서 빼앗아 먹는 것을 본 적이 있었는데, 그렇게 덩치 큰 토미(셰퍼드와 진돗개의 교배종)도 불쌍하게 낑낑거리며 앓는 소리를 내었을 뿐, 꼼짝 못 하고 빼앗기고 말았었다.

여하튼 구복이 녀석은 우리 집 헛간에서 요 2, 3일 동안에 형과 누나들의 배낭을 차례대로 뒤져서 그 속에 있던 것들을 죄다 먹어 치운 것이었다.

구복이가 손대지 못한 것은 소풍 당일 아침에 넣어 줄 삶은 계란과 삶은 밤, 그리고 김밥밖에 없었다.

그러니 구복이네 형과 누나들이 소풍날 가져갈 수 있는 것이라곤 김밥과 삶은 계란과 삶은 밤밖에 없었다.

서원골이나 수원지, 용마산까지 걸어가면서 친구들과 자랑 삼아 나누어 먹으려 했던 캐러멜도 오징어도, 또 그 시원한 칠성 사이다도 모두 다 구복이 녀석에게 빼앗긴 것이다.

구복이네 식구들은 하나같이 적개심에 불타올라 할배 방에서 속 편하게 곤히 자고 있는 구복이를 닦달하기로 하였다.

그리고 이번에는 성출 씨까지도 화가 머리 꼭대기까지 뻗쳐서,

"이노무 자슥이 도대체 누구를 닮아서 이리도 속을 썩이는지 모르겠

네. 얘들아! 너그들 퍼뜩 가서 구복이 깨워 오거라. 내가 이번에는 진짜로 이 자슥 버릇을 고쳐 놓고 말 끼다."

성출 씨의 한껏 짜증이 돋은 이 말에 제일 먼저 할배 방으로 번개처럼 튀어 들어간 것은 구복이 형 광복이었다.

광복이는 그 당시에 5학년이었는데 구슬치기나 딱지 따먹기에는 재주를 타고 났다고 할 만큼 기가 막히게 잘하였다. 반대로 공부에는 젬병이었지만….

가끔 구복이 녀석이 광복이 몰래 제 형의 보물 창고(자물쇠 달린 앉은뱅이 책상 서랍)에서 구슬이나 딱지를 소쿠리에 하나 가득 훔쳐 와서 우리들과 사탕이나 풀빵 등으로 바꿔 먹기도 하였었다. 물론 광복이가 그 사실을 알고 구복이를 마구잡이로 쥐어박기도 했지만, 구복이 녀석의 못된 버릇이 고쳐질 리는 없었고, 광복이도 그렇게 심하게 구복이를 추궁하지는 않았다. 왜냐하면 광복이는 금방 구복이가 훔쳐간 이상으로 구슬과 딱지를 또 딸 자신이 있었기 때문이었다.

그때 내가 4학년이었는데, 서로 이웃에 살고 있다는 정리(情理)를 생각해서인지 내가 구슬이나 딱지를 다 잃게 되면 슬쩍 나에게 구슬이나 딱지를 한 움큼씩 쥐어 주며,

"마음 놓고 하거래이. 다 잃으면 내가 더 줄 테니까!"라고 인심을 쓰곤 하였었다.

그리고 광복이를 뒤따라 구복이의 셋째 누나 봉선이도 할배 방으로 들어갔다.

봉선이는 나보다 한 학년 아래인 3학년이었는데, 소풍 때나 운동회

때는 항상 장기자랑 시간에 학급 대표로 불려 나가서 구성지게 유행가를 부르곤 했었다.

그때 봉선이가 불렀던 노래가 당시에 한창 유행하던 〈댄서의 순정〉이라던가 아니면 〈아리조나 카우보이〉라던가 하는 것들이었는데, 성출 씨가 술 취해서 집에 들어오면 즐겨 부르는 노래들이었다.

선생님들과 학부모들은 쬐끄만 봉선이가 그렇게 어른스러운(?) 노래를 구성지게 불러 넘기는 모습을 보면서,

"하이고, 조년이 언제 저런 노래를 다 배웠을꼬. 콩알만 한 게 제법 폼까지 다 잡아 감시로…. 참말로 얄궂데이!" 하면서도 연방 "앵콜, 앵콜!"을 소리치곤 했었다.

성출 씨는 술이 취해서 집에 들어온 날엔 곧잘 가족들을 불러 모아 놓고 노래자랑을 시키곤 했었는데, 노래 한 곡이 끝날 때마다 아이들에게 인심 좋게 용돈을 듬뿍듬뿍 주었었다. 그러나 아이들은 별로 좋아하는 표정들이 아니었다. 그 이유는 다음 날 아침, 술이 깬 성출 씨가 어제 주었던 돈을 반드시 다시 회수해 가기 때문이었다. 그러나 아무튼 이때에도 노래를 잘해서 용돈을 가장 많이 받은 것은 봉선이었다.

광복이와 봉선이가 구복이 녀석을 억지로 깨워서 성출 씨와 진주댁 앞으로 끌고 왔을 때는 땅거미가 완전히 깔려서 우리 집 골목 입구의 전봇대에 방범등이 켜지고, 하늘에는 반짝반짝 별들이 이제 막 모습을 드러내기 시작할 무렵이었다.

먼저 진주댁이 구복이에게,

"이 나쁜 놈, 천하의 망종(亡種) 같은 놈아! 니가 혼자 사이다 네 병

하고, 또 밀크 캐러멜 네 통하고, 또 오징어 네 마리하고, 또 사과 네 개, 감 네 개, 센베이 과자에다가, 요깡(양갱)에다가, 또, 또……. 여하튼 니가 그 많은 걸 혼자 다 처묵었나? 응? 오데(어디) 빨리 말 좀 해 보거라!" 하면서 분에 못 이겨서 온몸을 바들바들 떨었다. 그러자 옆에 있던 광복이와 봉선이, 그리고 둘째 딸 6학년짜리 영선이와 2학년짜리 말선(마지막 딸이라고 '말'선이란다.)이까지 이구동성으로,

"어디에 숨겨 놨는지 빨리 말해라. 안 그라모(그러면) 니는 오늘 죽는다카이." 하고 매섭게 소리 질렀다. 그러나 구복이 녀석은 태연하게,

"응, 응. 아무도 안 주고 토미하고 내 혼자 다 묵었다. 아부지, 아부지, 토미 보고 싶다. 토미한테 가자. 토미하고 같이 살고 싶다." 하면서 염치 좋게 아버지 성출 씨의 품으로 기어들었다. 그러자 이때에는 성출 씨도 못 참겠다는 듯이,

"시끄럽다. 이 문디(문둥이) 같은 놈아, 니는 이 다음에 커서 도대체 뭐가 될라카노? 머리빡에 피도 안 마른 놈이 겁도 없이 우째(어떻게) 그 많은 거로 혼자 다 훔쳐 먹었노? 에라 이 나쁜 놈아!" 하면서 가슴으로 기어오르는 구복이 녀석을 저만치 냅다 밀쳐 버렸다.

평소에는 성출 씨가 구복이를 얼마나 애지중지했던지 구복이 할아버지라 할지라도 구복이를 함부로 나무라지 못하게 했었다.

가령 구복이 할아버지가 구복이에게 야단이라도 칠라치면, 성출 씨는 그런 구복이 할아버지에게 눈을 부라리면서,

"아부지도 참. 아, 그 어린 기(것이) 뭘 안다고 야단을 치능교? 고마 내버려 두소, 마~! 버릇을 가르쳐도 내가 할 테니까." 하고는 냉큼 구

복이를 안고 가 버리곤 하였었다.

동네 사람들은 그런 성출 씨를 보고는,

"참, 고슴도치 애비가 따로 없네. 저래 갖고 구복이 버릇을 우째 고치겠나. 에이, 모자라는 사람!" 하고 한심해했었다.

그제서야 녀석은 기가 죽어서,

"아부지, 아부지, 잘못했다. 내가 잘못했다." 하면서 두 손을 모으고 싹싹 빌기 시작하였다.

진주댁이 먼저 구복이의 까까머리에 꿀밤을 한 방 힘껏 먹이면서 소리쳤다.

"이 나쁜 놈아. 니는 이제 우리 식구도 아니다. 꼴도 보기 싫다. 인자(이제)부터는 밥도 안 주고, 잠도 안 재워 줄 끼다. 그라고(그리고) 그 옷도 당장 벗어 놓고 우리 집에서 빨리 나가 버려라!"

그리고는 구복이의 옷을 홀랑 벗겨 버리고 말았다.

구복이가 입고 있던 옷이라고 해 봤자 콧물을 훔치느라 풀 먹인 것처럼 번들거리는 소매 자락의 윗도리와 광복이로부터 물려받은 반바지 하나가 고작이었지만 녀석은 필사적으로 옷을 뺏기지 않으려고 몸부림쳤다. 그러나 광복이까지,

"임마, 이 바지는 내 거다. 빨리 도로 내놔라. 이 나쁜 도둑놈아!"라고 합세하자 금방 알몸이 되고 말았다.

영선이와 봉선이도 구복이의 귀를 한쪽씩 잡아 당기면서,

"니는 진짜로 나쁜 놈이데이. 니가 오늘 맛 좀 봐야 사람이 될 끼다!" 하고 소리질렀다.

그러자 말선이까지 합세하며,

"맛 좀 봐라!" 하고 발길로 구복이의 다리를 걸어차며 거들었다.

벌거숭이가 된 구복이 녀석이 성출 씨를 바라보며 흐느껴 우는 목소리로,

"아부지, 아부지, 잘못했다! 한 번만, 용서해 줘. 응? 내 인자는 밀크캐러멜도 안 묵고, 오징어도 안 묵을란다. 아부지야, 한 번만. 응?" 하고 애처롭게 말했으나 성출 씨는 거들떠보지도 않고,

"저 오줌싸개 망나니에다가 도둑질만 하는 놈은 오늘부터 내 아들도 아니다. 빨리 나가라고 해라!" 하고 정말 매정스럽게 소리쳤다.

진주댁은 성출 씨의 말이 떨어지자마자 한 손으론 구복이의 귀때기를 잡아 끌고, 또 한 손으론 등짝과 머리통을 사정없이 번갈아 쥐어박아 가면서 땅거미가 짙게 깔리고 소슬한 가을바람이 차갑게 부는 대문 밖으로 쫓아낸 다음 대문을 신경질적으로 걸어 잠그고는 안방으로 들어가 버리고 말았다.

아닌 밤중에 홍두깨 격으로 자다 말고 발가벗겨서 쫓겨난 구복이 녀석은 소름이 돋을 정도로 차가운 가을바람에 어쩔 줄 몰라 하며 발을 동동 구르며 방금 쫓겨 나온 자기 집 대문을 흔들며 소리치기 시작했다.

"문 열어라. 말선아! 춥다. 빨리 문 열어라! 말선이 가시내야, 빨리…."

그러나 집 안에서 진주댁이 신발을 끌고 나오면서,

"저 못된 도둑놈이 안즉 안 가고 있었네! 오냐, 구복이 니 거기 좀 기다리고 있거래이. 내가 니를 아주 가만 안 둘 끼다."라고 독기 품은 소

리로 말하자 녀석은 벌거벗은 채 고추를 달랑대며 우리 집 쪽으로 도망쳐 와서는 대문을 흔들어 대었다. 그리고는 다급한 목소리로,

"토미야, 토미야, 문 열어라! 내 좀 살려 다오!" 하고 다급하게 외쳐 대었다.

이 소동에 우리 골목에 살고 있던 사람들이 모두 내다보며,

"쯧쯧, 구복이 놈이 오늘도 또 무슨 사고를 친 모양이다. 구복이 자슥 때문에 동네 시끄러워서 몬 살겠다. 저 지긋지긋한 사고뭉치 망종(亡種)을 우째야 사람으로 만들 수 있을까!"라고 혀를 찼다.

우리 집에서 대문을 열어 주자마자 녀석은 마치 제 집에라도 온 것처럼 흙발로 냉큼 마루로 올라와서는 서럽게 울기 시작하였다. 눈물 콧물을 흘려가면서.

한편 구복이의 소리를 들은 토미는 제 집에서 번개처럼 마루 앞에까지 달려와서는 귀를 뒤로 바짝 젖히고, 꼬리를 치면서 끙끙대며 앞발로 땅바닥을 마구 긁어 대었다. 이런 행동은 주인인 우리에게도 좀처럼 보여 주지 않는 친밀과 복종을 표하는 동작이었다. 그런 토미를 보자 나는 화가 치밀고 토미 녀석이 갑자기 미워지기까지 하였다.

우리가 구복이에게 내 윗도리와 동생의 땡땡이 치마를 입혀 놓고,

"구복아! 왜 그래, 응? 누가 왜 그랬는데? 말 좀 해 봐!" 하고 달래도 녀석은 입을 삐쭉거리면서 한참을 그렇게 울다가 대뜸 한다는 소리가,

"나는 집에 안 갈 끼다. 이제부터는 여기서 토미하고 살 거야~."라고 자기 집 쪽을 흘겨보면서 단호하게 말하는 것이었다. 우리가 녀석에게,

"그러려면 집에서 왜 발가벗겨서 쫓겨났는지 말해 줘야지." 하고 살

살 달래자 녀석은 그제서야 형과 누나들의 소풍 배낭을 뒤져서 훔쳐 먹은 이야기를 더듬거리며 털어놓는 것이었다.

우리가 기가 막혀서 할 말을 잃고 있을 때, 밖에 나갔던 동생(내 여동생은 봉선이와 친구였다)이 들어오면서,

"구복이 아버지가 구복이를 찾으러 지금 우리 집으로 오고 있는데 화가 많이 나셨더라. 야! 이 바보 같은 구복아, 니 빨리 안 숨고 머 하노? 빨리 숨어라. 이 바보야!" 하고 다급하게 말하였다.

구복이 녀석이 그나마 말을 듣는 사람은 아버지 성출 씨와 내 여동생 말고는 없었는데, 그 이유는 녀석이 즐겨 입는 땡땡이 치마의 주인이 바로 내 동생이었기 때문이었다.

동생의 말을 들은 구복이 녀석은 잽싸게 마루에서 뛰어내려 토미와 함께 장독대를 돌아 뒷마당으로 사라졌다. 그리고는 헛간으로 들어가서 짚 더미 속에 몸을 숨겼다.

얼마 후에 대문 밖에서 성출 씨가 걸걸한 목소리로,

"구복아, 구복이 니 여기 있제? 인자 그만 집에 가자. 그만 빨리 나오거래이."라고 말하는 소리가 들렸고 우리 집에서 아무도 대답을 하지 않자,

"내가 이노무 자슥을 꼭 잡아서 그 못된 손버릇을 단디(단단히) 고쳐 놔야 할 낀데…."

어쩌고 하는 소리와 함께 발길을 돌리는 소리가 들렸다.

어머니께서,

"이번에는 구복이가 쉽게 용서받을 수 있을 것 같지 않네. 할 수 없

옛날이야기

이 또 내가 구복이 데리고 가서 진주댁을 달래야겠다. 너 지금 헛간에 가서 구복이 데리고 오너라. 아마 살살 꼬드겨야 할 거야!"라고 나에게 말씀하셨다.

내가 동생과 함께 헛간에 들어갔을 때 녀석은 태평스럽게도 토미와 함께 숨겨 두었던 오징어 다리를 사이좋게 나눠 먹고 있었다.

우리를 보자 녀석은 먹던 것을 얼른 뒤로 감추며,

"아무것도 아이다(아니다). 내 입에 아무것도 없다. 자, 봐라. 새이야(형아), 정말로 없지?" 하고 입을 반쯤 벌려 보였는데, 녀석의 입 밖으로 오징어 다리가 삐죽 드러나 보였다.

나는 구복이 녀석의 머리통을 한 대 쥐어박으면서,

"알았으니까 집에 가자. 가서 무조건 잘못했다고 빌어라. 알았지? 안 그러면 니는 우리 집에서도 쫓아낸다 카더라." 하고 말했다.

그러나 녀석은 요지부동이었고, 결국 진주댁과 우리 어머니가 간신히 달래고 협박하여 헛간으로부터 끌어낼 수 있었다.

집으로 끌려간 구복이는 성출 씨로부터 말순이에 이르기까지 온 집안 식구들한테 구박을 있는 대로 다 받고, 또 앞으로는 절대로 남의 물건에 손대지 않겠다는 믿을 수 없는, 또 아무도 믿지 않는 다짐을 한 뒤에야 풀려날 수 있었다.

구복이네의 소동은 그러고 나서도 한참 동안 더 계속되었다. 왜냐하면 구복이 녀석이 먹어 치운 주전부리감을 다시 사 와야 했기 때문이었다.

온 집안 식구들이 밤늦게 시장에까지 나가서 닫힌 가게 문을 두드리고 잠에 취한 주인을 깨워 오징어 네 마리, 캐러멜 네 곽, 요깡(양갱) 네 개, 사과 네 개, 감 네 개, 대추 네 홉, 햇밤 한 되, 사이다 네 병, 센베이 과자 두 근, 왕사탕 여덟 알 등등 이렇게 샀다.

진주댁은 입 속으로 계속,

"나쁜 놈, 참말로 내가 속이 다 뒤집어져서 몬 살겠다. 아이고 내 팔자야! 내가 고 아구(아귀) 같은 놈을 잡아 매어 놓던가, 아니면 조디(주둥이)를 꿰매어 놓던가 해야지. 안 그러면 내까지 잡아 묵을 놈이다…." 하며 구시렁거렸다.

다음 날 하늘은 티끌 하나 없이 높고 맑았다.

광복이와 영선이와 봉선이와 말선이는 김밥 도시락과 삶은 밤, 삶은 계란까지 배급 받고 발걸음도 가볍게 학교를 향해 출발했다.

잠시 후에 구복이 녀석은 우리 집 뒷마당에 토미와 함께 슬며시 나타났는데, 녀석의 손에는 뜯지도 않은 밀크 캐러멜 한 곽이 들려 있었다. 그리고 녀석의 주머니 속에는 오징어 머리 네 개, 왕사탕 네 알도 같이 들어 있었다.

- 끝 -

옛날이야기

3) 옛날 이야기 3

우리 동네에 아주 짓궂은 녀석이 하나 살았었는데, 이 놈이 얼마나 개구쟁이였나 하면, 밖에서 놀다가도 오줌이 마려우면 꼭 집으로 들어와서 쉬를 하는데, 그 쉬를 하는 장소가 늘 아궁이였다. 그 아궁이도 그냥 놀고 있는 아궁이가 아니라 기름기가 반질반질 도는 밥을 짓고 있는 중이라던가, 뽀얀 사골을 한참 우려내고 있는 중이라던가, 또는 맛있는 밤고구마를 찌고 있는 중이라던가, 아니면 이 집안의 가장 큰 어른인 할배의 목욕물을 데우고 있는 중일 때의 아궁이를 별안간 인정사정없이 공격을 해서 순식간에 아궁이의 숨통을 끊어 놓곤 했었다.

그러면 밥때를 놓쳐서 분기탱천(憤氣撑天)한 이 집 식구들이 눈들이 벌개져서 이 망나니를 찾으러 온 동네 구석구석 수색 작업을 하였다.

운 좋게 안 잡히는 날이 있기도 했지만, 대개는 잡혀서 온 집안 식구들, 할배, 할매, 아버지, 어머니, 형, 누나들한테 거의 돌림빵을 맞다시피 했다.

"오데서 조런 망종이 나왔을까. 저 자슥 고추를 떼어내던가 해야지. 우리가 몬 살겠다!"

이런 끔찍한 협박과 함께…. 그런데 이때 이 망나니의 나이는 일곱 살이었고 그 이름은 구복(九福)이였다. 그리고 우리 집 건너편에 구복이네 집이 있었다.

이 구복이 녀석이 매 맞고 피난 오는 곳이 바로 우리 집이었다. 구복이 어머니, 진주댁이 얼마나 구복이를 닦달하는지 먼저 바지를 홀랑 벗기고 구복이를 끌고 광으로 데리고 들어가서는 사정없이 꿀밤을 먹이곤 하였다. 그러나 구복이도 만만치 않아서 광에 끌려 들어갈 때부터 소리소리 지르며 발버둥치곤 하였다.

"아버지! 아버지! 엄마가 또 때린다. 살려 줘, 살려 줘. 아, 아~, 아프다…."

물론 반은 엄살이고, 반은 제 아버지 성출 씨를 부르는 소리였다.

술 잘 먹기로 소문난 구복이 아버지 성출 씨는 비록 자기가 제 자식을 때리기는 하여도 남이 건드리는 것은 도저히 참지 못했다. 아내인 진주댁뿐 아니라 구복이 할아버지가 때려도 눈을 까뒤집고 화를 내었다.

"조그만 얼라가 잘못할 수도 있지. 때리기는 왜 때려? 말로 타일러야지." 하고 역성을 들었다.

그래서 진주댁이 구복이 때리는 것이 성출 씨의 눈에 띄는 날에는 귀에 못이 박힐 만큼 잔소리를 들어야 하기에 꿀밤이라도 먹여야 할 때는 꼭 광으로 끌고 들어가는 것이었다.

간혹 구복이가 광으로 끌려 들어가기 전에 요행으로 도망칠 때도 있었는데, 이때는 꼭 우리 집으로 뛰어 들어오는 것이었다. 조그만 고추를 달랑대며, 악을 쓰고 울면서, 얼굴은 눈물 콧물 범벅인 채로….

그러면 우리 집에서는 모두 구복이를 달래면서,

"구복이 왔네. 울지 마라. 우리 구복이 착하지. 구복이 입을 옷도 여기 있네." 하며 내 바지와 동생의 치마를 내어놓는다. 그러면 구복이 녀석은 그렇게 서럽게 울다가도 금방 울음을 뚝 그치고 벙싯벙싯 웃으며 동생의 땡땡이 무늬 고무줄 치마를 움켜쥐는 것이었다.

그때의 내 나이가 열 살이어서 내 바지가 구복이에게는 좀 크기도 했겠지만, 아무리 그래도 머슴애 녀석이 가시내 치마를 좋아한다는 것이 아무리 생각을 해 보아도 웃기는 일이었다.

동생의 땡땡이 고무줄 치마를 입은 구복이는 우리 집에서 차려 주는 밥을 얻어 먹고는 어느 틈에 횡하니 나가 버리는 것이었다.

이때쯤이면 진주댁도 화가 많이 풀려서 구복이를 찾으러 우리 집 대문을 두드리곤 하였다.

"사모님, 사모님 계신기요? 우리 구복이 찾으러 왔심더. 인자 그만 보내 주이소!"

그러면 우리 어머니는,

"어떡하나. 구복이는 좀 전에 옷 얻어 입고 나갔는데…. 길이 엇갈렸나?"라고 하는 말에 진주댁은 질겁을 하고,

"사모님, 그럼 우리 구복이한테 또 치마 입혀서 내 보냈지예? 아이구, 이제 큰일 났네. 구복이 아버지 눈에 띄면 나는 오늘 맞아 죽었고마…."

이렇게 말하고는 혼비백산하여 구복이를 찾으러 발길을 되돌리는 것이었다.

한편 구복이는 치마를 입은 자기 모습이 스스로도 대견스러운지 우리 동네를 으스대며 벗어나, 측백나무 무성한 '자애병원' 담장을 지나고, 우람한 아름드리 느티나무가 마당 한가운데 서 있는 '하늘교회'도 지나, 상가 건물들이 늘어선 도심지로 당당하게 진출하는 것이었다.

빡빡 깎은 머리에 옷소매는 흘러내리는 콧물을 훔치느라 항상 풀 먹인 것처럼 반질반질 빛나고, 아랫도리는 땡땡이 무늬의 치마를 입고, 검정 고무신을 신은 구복이의 모습은 그 당시의 어린 내가 보기에도 참 가관이었다.

그런데 이 녀석이 어떤 때는 혼자 나들이를 가는 것이 아니라 우리 집 개 토미를 데리고 나갈 때도 있었다. 아니, 토미가 구복이를 데리고 간다고도 볼 수 있었다. 왜냐하면 셰퍼드와 진돗개 혼혈종인 토미의 몸집이 구복이보다 훨씬 커 보였기 때문이었다.

구복이와 토미는 서로 참 친한 사이였다. 사람과 개 사이에도 진한 우정이 존재할 수 있다는 것을 그 둘이 실증적으로 증명하였다. 얼마나 친한 사이였던지, 가끔 구복이 얼굴이 깨끗하게 보일 때도 있었는데, 그게 바로 토미가 구복이의 얼굴을 혀로 핥아 세수를 씻긴 결과였다. 구복이 또한 토미에 못지않아서 가끔씩 제 밥을 들고 와서 토미와 사이좋게 나누어 먹곤 하였다.

그런데 이 구복이가 가는 곳이 바로 구복이 아버지 성출 씨의 가게였다. 일곱 살 먹은 구복이의 발걸음으로는 아무리 빨리 걸어도 한 시간 정도는 족히 걸어야 할 먼 거리였지만 녀석은 늘 씩씩하고 자신 있는 표정으로 마치 소풍이라도 가는 것처럼 즐겁게 나들이를 하였다.

성출 씨의 가게는 어시장 맨 바깥쪽에 자리하고 있었고, 어선들에 공급하는 온갖 생필품들, 얼음, 기름, 쌀, 야채, 술, 담배 등을 팔았다.

구복이 아버지 성출 씨는 술을 얼마나 좋아하는지 퉁퉁한 몸집에 항상 술기운이 오른 불그레한 얼굴에 웃음을 띠고 있었기 때문에 사람들은 이런 성출 씨를 포대화상(布袋和尚)이라 불렀다. 이것은 성출 씨가 뚱뚱하게 살이 쪘다는 뜻도 있지만 그만큼 사람들이 그에 대해 호감을 갖고 있다는 반증이기도 하였다.

성출 씨는 술을 좋아해서 입에 달고 살다시피 했다. 가끔 술을 마시다가 무슨 사연이 있는지 남몰래 슬프게 흐느껴 울 때도 있었지만 술로 인해 실수를 하거나, 남에게 피해를 주는 일은 없었다. 아니, 오히려 술을 마신 후에는 더욱 씀씀이나 마음가짐이 너그러워져서 사람들은 어려운 부탁을 할 때에는 그의 얼굴색부터 먼저 살피게 되는 것이었다.

그래서 가게 앞바다에 떠 있는 돌섬이 내려다보이는 성출 씨의 가게에는 항상 사람들이 들끓었고, 웃음소리가 그칠 날이 없었다.

구복이가 우리 토미와 함께 성출 씨의 가게에 당도하면 성출 씨의 이웃들은 구복이의 빡빡 깎은 머리를 쓰다듬어 주며,

"느그 아부지가 포대화상이라서 니도 이렇게 머리를 빡빡 밀었구나. 그런데 아기 스님이 바지는 안 입고 우째서 이렇게 예쁜 치마를 입었을꼬? 어디 치마 속에는 뭐가 있나 한번 보자!" 하면서 구복이의 치마를 들치고 고추를 드러내 보였다. 그러면 성출 씨는,

"안 된다. 이 사람들이 우리 구복이를 와 이리 몬살게 하노! 구복아, 이리 온나!" 하고는 구복이를 품에 안고 구복이의 볼에 입맞춤을 해 주었다.

구복이 녀석의 망나니짓은 오줌 행패에만 국한된 것은 아니었다.

이 녀석은 가끔 돌멩이를 던져서 남의 집 장독을 깨어 놓기도 하고, 텃밭이나 화단에 토미와 같이 들어가서 예쁜 나무와 화초들을 다 망가뜨려 놓기도 하였다.

뿐더러 이 녀석은 정말 공정하여서 미운 사람, 고운 사람도 가리지 않았고 자기 편, 남의 편 또한 가리지 않았다.

옛날이야기

때문에 이 녀석은 가끔 우리 집 화단에까지 토미와 함께 몰래 침입하여서 한창 빨간 꽃망울을 터뜨리려는 명자나무라던가 장미꽃, 보랏빛 예쁜 붓꽃, 노란 원추리, 패랭이, 연영초 등에 사정없이 오줌 세례를 퍼부어서 누렇게 말려 죽이는 것이었다. 그러면 화초를 정말 좋아하셨던 우리 어머니께서는 한숨을 푹푹 쉬시며,

"올 여름에 토미를 치워야 되겠으니 그런 줄 알고들 있어라."라고 비장한 얼굴로 말씀을 하시곤 하였다.

구복이 녀석의 못된 버릇 때문에 피해를 보지 않은 사람은 우리 동네에서 거의 없다고 할 수 있을 정도로 이 녀석의 악명은 점점 더 높아져 갔다. 때문에 어떤 사람은 구복이를 몰래 붙잡아 놓고,

"이노무 자슥 때문에 도대체 집을 비워 놓고 다닐 수가 있어야 말이제. 쬐맨한 게 맨날 괭이 새끼맨쿠로 살짝 들어와서는 아궁이 불을 꺼트려 놓질 않나. 아니면 누룽지 소쿠리에 오줌을 싸 갈겨서 사람도 못 먹는 개밥을 맹글어 놓질 않나. 내사마 니놈 때문에 참말로 몬살겠다. 에라, 이 몹쓸 종자야!"라고 거칠게 말하며 정말 아프게 꿀밤을 먹이기도 하였고, 여자들은 볼이나 팔뚝 언저리를 사납게 꼬집어서 시퍼렇게 멍들여 놓기도 하였다. 그러면서,

"가만히 생각해 보니까 구복이 녀석이 치마를 좋아하는 이유가 있었네. 바지보다 치마가 오줌 싸기가 훨씬 편한 줄 이제야 알겠다. 앞으로는 구복이한테 절대 치마를 입혀서는 안 되겠다."라면서 헛웃음을 지었다.

이렇게 꿀밤을 맞거나 퍼렇게 꼬집힌 날도 구복이는 우리 집에 와

서 울다 가곤 하였다. 물론 구복이 옆에는 항상 토미가 따라다니고 있었는데, 그런 구복이의 모습이 안되었던지 토미도 녀석의 옆에서 같이 끙끙대며 어쩔 줄 몰라 하였다.

토미와 함께 서럽게 눈물 콧물을 흘려 가며 우는 구복이의 모습이 애처롭게 보이기는 하였지만 우리 식구들도 어쩔 수 없이 내버려 둘 수밖에 없었다. 하기야 나라도 그런 일을 당하고 나면 화풀이를 하지 않고는 못 배겼을 테니까….

그러던 어느 날 구복이 녀석이 정말 큰 잘못을 저지르고 말았다.

이 녀석이 토미와 함께 우리 동네 호랑이 할머니인 경숙이네 장독간에까지 들어가서 고추장 독, 된장 독, 간장 독 뚜껑들을 깨뜨려 놓고, 경숙 할머니가 애지중지하며 가꾸던 텃밭을 토미와 함께 초토화시키고 만 것이었다.

녀석은 그날 저녁 해질 무렵에 아마도 경숙이를 보러 갔다가 아무도 없는 틈을 놓치지 않고 못된 짓을 했을 터였고, 그 결과로서 우리 동네 역사상 그렇게 큰 소동이 났던 적은 처음이었다고 사람들은 입을 모아 말하곤 했었다.

그다음 날 아침, 경숙이 할머니가 고추장을 푸기 위해 난장판이 된 장독간을 본 순간 참으로 경천동지(驚天動地)의 소리가 터져 나오고 만 것이었다.

"아이고, 이거를 우짜믄 좋겄노. 우짜믄 좋겄노! 우리 살림살이가 다 박살이 났네. 그 놈이 언제 또 우리 집에 왔다 갔을꼬? 망할 놈의 종자가 우리 아궁이 불을 죽이는 것도 모자라서 인자는 우리 장독간까지

몽주리 몬 쓰게 만들어 뿌렸네! 오냐 보자. 내가 이 구복이 아 새끼 버르장머리를 싹 다 고쳐 놓고 말끼다."

그리고는 그 길로 성출 씨네로 직행을 한 것이었다.

경숙이네 할머니는 눈에 시뻘겋게 불을 켠 채로 성출 씨네 집 대문을 거칠게 흔들면서,

"성출아! 성출아! 니 빨리 좀 나오거래이! 오늘 내가 니하고 사생결단을 내야 되겠다. 이 문디(문둥이) 같은 빙신 자슥이 새끼 버릇을 잘못 들여 가지고 맨날 동네 시끄럽게 만들더니, 인자(인제)는 우리 집 식구들 다 굶게 맹글어 놨다. 빨리 나오거래이! 니 안 나오나?" 하면서 온 동네가 떠나가도록 고래고래 소리를 지르기 시작했다.

마침 영문도 모른 채 술이 덜 깬 상태로 느긋하게 늦잠에 취해 있던 성출 씨는 깜짝 놀라 자리에서 벌떡 일어났다.

경숙이 할머니는 성출 씨의 친한 친구 영길 씨의 어머니였다.

영길 씨는 5대 독자였는데 결혼 후, 아주 늦게 간신히 아들도 아닌 딸을 하나 얻었는데 이름이 경숙이었고, 경숙 할머니는 손녀를 보물처럼 끔찍이 애지중지하였다.

영길 씨는 8년 전쯤에 고기잡이 나갔다가 풍랑을 만나 행방불명이 되어 버렸고 지금도 생사가 확인되지 않은 상태였으나, 우리는 모두 그가 죽은 것으로 생각하고 있었다. 그러나 그런 사실을 아무도 입 밖에 낼 수는 없는 노릇이었다. 경숙이 할머니도 자식의 비극을 알고는 있었으나 좀체 인정하려 들지 않았다.

이 사고 이후로 경숙 할머니의 성격은 완전히 바뀌어서 늘 사나운

언행으로 이웃들에게도 불친절하고 호전적 언사를 일삼았다.

사람들은 돌변한 경숙 할머니의 태도를 모두 이해하였다.

시집와서 5대 독자인 영길 씨를 낳자마자 남편을 여의고 청상과부가 된 경숙 할머니의 처지를 사람들은 안타깝게 여기고 있었는데, 외아들 영길 씨마저 저세상으로 보낸 비극적 처지에 동정심을 느꼈던 것이다.

경숙 할머니 곁에는 자신의 운명과 흡사하게 청상이 된 며느리와 어린 손녀 경숙이뿐이었다.

이런 딱한 사정을 동네 사람들이 모두 알고 있었기 때문에 경숙 할머니에게는 무조건 매사에 양보하고 관용을 베푸는 것이 관례였다.

아들 영길 씨가 살아 있었을 때에도 경숙 할머니는 결코 너그러운 할머니는 아니었다.

젊디젊은 시절부터 병약한 남편과 사별(死別)하고 이제까지 그 긴긴 세월을 청상(靑孀)으로 살아가자면 별수 없이 남에게뿐만 아니라 자신에게까지도 엄격할 수밖에 없었을 것이라고 모두들 추측을 하기는 하였다. 그래서 모든 일이 딱 부러지게 명확해야지, 그렇지 않으면 당장 호통 소리가 터져 나왔고, 그 호통에 아무도 반발을 할 수는 없었다. 그랬다가는 호된 욕설과 함께 머리끄덩이를 잡히는 봉변까지도 감수해야만 했다. 더욱이 아들, 그것도 5대 독자인 영길 씨가 변을 당한 이후로는 더욱 사나워져서 사소한 일에도 언성을 높이는 일이 많아졌다. 그래서 '호랭이 할마시'라는 별명까지 얻게 되었다.

외아들 영길 씨가 변을 당한 후 어쩐 일인지 경숙 할머니는 며느리인 경숙 어머니를 친정으로 쫓아 버렸다.

경숙 할머니는 며느리 경숙 어머니에게,

"경숙이가 보고 싶으면 언제든지 찾아와도 괜찮다. 그렇지만 여기서 경숙이하고 자고 가는 것은 절대로 안 된다. 내 말 꼭 명심하거래이!" 하고 단호하게 말했다.

울며불며 가지 않겠다고 발버둥치는 젊은 며느리의 인생을 자신처럼 비극적으로 만들지 않기 위해 쫓아 보낸 경숙 할머니의 진심을 사람들은 모두 다 이심전심으로 알고 있었다. 그래서 맛있는 단감이라든가 탐스럽게 잘 익은 사과, 개구리참외, 무화과, 앵두, 오디 등의 햇과일이나 텃밭에서 금방 딴 상추, 풋고추, 호박, 가지, 시금치 등의 푸성귀 등도 자주 경숙이네 집에 제일 먼저 들이밀곤 하였다. 그러나 이런 일도 경숙 할머니가 없을 때에서야 할 수 있었다. 경숙 할머니에게 직접 들이밀었다가는 당장,

"우리가 무신 걸뱅이들인 줄 아노? 빨리 도로 갖고 가래이!" 하는 호통 소리를 들어야만 했었기 때문이었다.

사람들이 경숙이네 집에 감자 몇 알이라도 갖다 주기 위해서는 울타리 너머 노란 장다리꽃이 우거진 명자네 집의 골목 어귀에서부터 다 삭아 내린 파란 철 대문의 경숙 할머니 집까지 까치걸음으로 조심조심 가야만 했었다. 그리고는 경숙 할머니가 없는 것을 확인한 다음에서야 속삭이는 듯한 낮은 목소리로,

"보래이, 숙아! 숙이 있나?" 하고 경숙이를 불러내는 것이었다.

이 무렵 경숙이 나이가 나와 동갑인 10살이었다. 경숙이는 아버지

를 잃고 어머니가 외가로 간 이후부터는 말을 잃은 아이처럼 묻는 말 외에는 절대로 먼저 말을 꺼내는 법이 없었고 늘 땅만 내려다보고 걸었다.

동네 사람들이,

"경숙아, 이거 아지매가 밭에서 금세 따온 건데, 맛 좀 보거래이." 하고 복숭아라도 몇 개 내밀면 작은 목소리로,

"우리 할매가 알면 혼납니다." 하면서 눈길을 내려 간 채 마지못해 받곤 하였다.

성출 씨는 부리나케 자리에서 일어났고, 옆에 있던 진주댁은 한숨만 푹푹 쉬면서,

"내사마 언젠가 이런 날이 올 줄 알았는기라. 그래서 내가 구복이 버릇을 고칠라꼬 그리도 애를 많이 썼었는데 그때마다 당신이 어쨌능교?"라고 계속 종알대었고 참다 못한 성출 씨가,

"이 망할 예편네가 지금 불 난 집에 부채질하고 있나? 잔소리 말고 퍼뜩 가서 구복이나 좀 데려오거라. 봉변을 당해도 알고나 당해야지. 아, 퍼뜩 못 가겠나!"

그러나 진주댁한테 잠이 덜 깬 채로 끌려온 구복이 녀석은 엉뚱하게도,

"아부지, 아부지, 나는 오늘도 토미하고 놀러 갈 거야. 토미하고 나하고 밥 많이 많이….”

어쩌고저쩌고 뚱딴지 같은 소리를 주절대다가 진주댁의 예사롭지 않은 험악한 눈빛과 참다못해 야멸차게 내지르는 꿀밤 한 대에 비로소

사태가 심상치 않음을 눈치채고 입을 다무는 것이었다.

성출 씨가 바지를 추슬러 입고 마당에 내려섰을 때에는 할배(성출 씨의 아버지)와 경숙 할머니 사이에는 이미 일촉즉발(一觸卽發)의 위기 상황이 무르익어 가고 있는 중이었다.

"아니, 식전 아침부터 어째서 남의 집 대문을 부서지라고 흔들어 대나? 보소, 보소. 영길 어매요! 무신 일인지 이유나 좀 알아야 할 게 아닌가?"

그러자 경숙 할머니는,

"머라카노, 이 못난 영감탱이가! 부전자전(父傳子傳)이라더니 이노무 집구석은 우째서 3대(代)가 이리 똑같이 모자라노?

당신 잘난 손자가 우리 집 장독간을 다 못 먹게 버려 놨으니 당장 물어내라 이 말이다. 그리고 당신은 아무 힘도 없는 허깨비밖에 안 되니까 빨리 성출이 나오라고 하소! 성출이 니 빨리 안 나오나?"라고 살기가 등등하여 고래고래 악을 쓰며 여차하면 할배를 당장이라도 밀쳐 버릴 듯한 기세였다.

사실 할배의 몸집은 경숙 할머니와는 비교가 되지 않을 정도로 왜소했다. 그래서 동네 사람들 중에는 허우대 듬직한 성출 씨가 할배의 친아들이 아닐지도 모른다는 우스갯소리를 하기도 했었고, 그런 할배가 당장이라도 경숙 할머니한테 밀려서 마당에 나가떨어지면 어떡하나 하고 불안감을 느끼게 하는 위급한 상황이었다.

성출 씨가 눈에 띄자 경숙 할머니는 먹이를 발견한 야수처럼 눈에 불을 켜며 달려들었다. 그 기세에 성출 씨는 엉거주춤한 자세로,

"어무이 오셨능기요? 그동안 인사도 잘 못 드리고…. 한번 찾아뵈려고 마음은 먹고 있었지만 살기가 좀 바빠 놔서…."라고 입 속에서 혼잣말처럼 웅얼댔지만 경숙 할머니에게 그런 입에 발린 소리가 들릴 리가 없었다.

대번에 구복 할배를 밀치고 성출 씨의 멱살을 움켜잡고 늘어졌다.

"니 뭐라캤노? 우리 영길이 있을 때 맨날 내한테 뭐라고 했나 말이다. 잘되어도, 못되어도 같이 잘되고 같이 못되자고. 빌려간 돈은 금방 갚을 수 있다고…. 그러니 아무 염려 안 하셔도 된다고…. 사업 잘되면 경숙이도 다 책임지고 키우겠다고…. 내가 이렇게 늙어서 어린 경숙이를 우쨌으면 좋을지…."

그리고는 잡고 늘어졌던 멱살을 놓고 땅바닥에 퍼져 앉아서 한 맺힌 목소리로 통곡을 하였다.

구복이가 장독 깨어 버린 이야기는 어쩐 일인지 쑥 들어가 버리고 말았다.

성출 씨는 더욱 난감해진 얼굴로,

"알고 있습니더. 아무 걱정 안 하셔도 됩니더. 내사마 생각은 늘 하고 있었지예…."라고 거의 울듯이 말하였다.

사실 성출 씨는 요즘 들어 마음고생을 많이 하고 있던 중이었다. 친구 영길 씨의 전 재산을 빌려서 자신의 빚을 다 갚았고 장사도 잘되어서 이젠 영길 씨에게 빌린 돈을 갚아도 될 만큼 형편이 좋아졌다. 그러나 성출 씨의 욕심이 더 컸기에 빚 갚기를 차일피일 미루고 있는 중이었다. 그래서 술이라도 한잔하게 되면 성출 씨는 스스로를 자책하며 형제보다 더 가깝게 지냈던 친구 영길의 얼굴이 떠올라 눈물을 글썽이며 깊은 갈등에 빠지곤 하였다.

경숙 할머니는 더욱 서러운 목소리로,

"저렇게 어린 경숙이는 참말로 못 버린다. 동네 사람들아, 내 좀 보소! 내 말 좀 들어 보소! 우리 영길이하고 이 집 성출이하고 세상이 다 아는 친한 친구인데 너무 친해서 결국 탈이 나고 말았지예…. 지금 이 자리에서 성출이한테 어디 한번 직접 들어 봅시다."

그리고는 눈물 콧물이 얼룩진 얼굴로 성출 씨를 표독스럽게 흘겨보더니,

"성출이 니 지금 이 자리에서 똑바로 말하거래이. 니가 요즘 이렇게 떵떵거리고 잘 먹고 잘 살고 있는 것이 누구 덕이고? 영길이가 배 타고 나가던 날, 내가 영길이하고 니가 주고받는 이야기도 다 들었다.

영길이가 낡은 배 버리고 새 배 살 돈까지 탈탈 털어서 도박판이나 기웃거리던 성출이 니한테 투자 삼아 맡겼던 돈으로 사업하고 장사해서 돈 많이 벌고, 먹고 살 만큼 된 것이 모두 누구 덕인가?" 하고 악을 쓰며 절규하듯 털어놓았다.

식전 아침에 일어난 소동을 재미 삼아 구경 나왔던 동네 사람들은 이 충격적인 경숙 할머니의 폭로에 모두 아연실색(啞然失色)한 채, 벌린 입을 다물 수가 없을 지경이었다. 사람들은 모두 그간의 일들을 간추려서 짐작할 수 있었다. 마치 조각 그림 맞추기라도 하듯이….

영길 씨는 형제보다 가까운 친구인 성출 씨의 끈질긴 부탁에 자신이 가지고 있던 재산 전부를 성출 씨에게 맡겼던 것이었다.

그리고 얼마 후 영길 씨는 바다에 나가서 사고를 당하고 말았던 것이었다.

당시에 성출과 아들 영길의 대화를 엿들은 경숙 할머니는 아들의 친구인 성출만 믿고 그저 처분만 기다리고 있었지만, 당시에 성출 씨의 사업이 어려워지면서 영길 어머니는 아무 요구도 하지 못하고 상황을 묵인하고 기다려 줄 수밖에 없었던 것이었다.

그러나 성출 씨의 사업이 제법 번창해서 여유가 생긴 상황에서도 모른 척 지내는 아들 친구가 곱게 보이지 않았던 것이다.

그러던 중 어린 경숙의 앞날이 자꾸 가슴에 걸려 마음먹고 의도적으로 폭로한 것이었다.

성출 씨는 아무 말도 못 하고 발밑만 내려보다가 겨우,

"늘 생각은 하고 있었지요. 일이 뜻대로 잘 안 풀려서 그랬지요. 지금까지 마음고생도 많이 했습니다. 그래서 혼자 많이 울기도 했고요. 정말 제가 잘못했습니다. 용서해 주이소, 어무이!"라고 말하며 땅바닥에 털썩 무릎을 꿇었다. 그리고 경숙 할머니의 손을 잡고,

"이제 걱정 안 하셔도 됩니다. 어무이! 제가 다 생각하고 있습니다."라고 진심을 담아서 눈물을 훔치며 말했다.

동네 사람들은,

"성출 씨가 잘못했네. 참 나쁜 사람이었네."라고 말하며 다 흩어져 버리고 말았다.

진주댁은 얼굴이 사색(死色)이 다 된 채 뒷걸음질치더니 안방으로 들어가 버리고 말았다. 구복이 할배도, 할매도 슬슬 자리를 피하고 말

았다. 구복이 형과 누나들도 어른들의 심각한 분위기를 눈치채고 벌써 없어지고 말았다.

성출 씨는 경숙 할머니의 손을 잡고,

"어무이, 경숙이는 제가 잘 키우겠습니다. 아무 염려 안 하셔도 됩니다. 그리고 더 이상 고생 안 하셔도 되도록 제가 잘 모실 겁니다."라고 숙연한 목소리로 울먹이며 말하자 경숙 할머니는,

"내사마 경숙이하고 떨어지고 싶지 않지만, 그래도 우짜겠노. 하루하루 늙어 가는데… 경숙이 학교도 보내야 되고…. 나는 내년쯤 우리 집이 팔리는 대로 하동의 동생 집으로 가면 된다. 경숙이 보고 싶을 때마다 내가 이리 올라올 끼다."

힘든 일을 이제 막 끝낸 사람처럼 홀가분한 표정으로 말했다. 그리고는 힘없이 돌아서서 구복이네 집 밖으로 걸어 나갔다.

경숙 할머니는 고향이 하동이었고 하동에는 아직도 친정 식구들이 많이 살고 있다고들 하였다.

경숙이는 이듬해 새 학기부터 구복이네로 옮겨 와서 학교를 다니게 되었다. 어렸을 적부터 구복이네 식구들과는 가족같이 지내던 터라 경숙이는 큰 불편함을 느끼지 않는 듯했다. 그러나 말없이 침울한 얼굴로 항상 땅을 보고 다니는 버릇은 여전히 그대로였다.

경숙 어머니는 꿋꿋하게 혼자 살면서 자주 경숙이와 만났고, 가끔 경숙이가 어머니 집에 가서 자고 오기도 하였다.

구복이는 그 후에도 아궁이나 장독간에 오줌 싸는 못된 버릇을 고치지 못해서 동네 사람들로부터 자주 혼이 났다.

경숙 할머니는 하동으로 떠난 뒤에도 노환으로 거동이 불편하기 전까지 자주 경숙이를 보러 왔었다. 아침 일찍 왔다가 종일 경숙이와 지내다가 막차를 타고 하동으로 돌아가곤 하였다.

경숙이에겐 늘,

"우리 예쁜 경숙아, 니는 제발 이 할매처럼, 너그 엄마처럼 살면 안된다. 너는 제발 좋은 사람 만나서 한평생 행복하게 살아야 한다. 이 할매가 새벽마다 정안수 떠다 놓고 빌고 있다. 내가 너를 두고 우째 혼자 갈 수 있을지 참 걱정이다."

경숙 할머니는 눈물을 글썽이며 말하곤 하였다.

그러다가 경숙이가 고등학교에 들어갈 무렵에 경숙 할머니가 돌아가셨다는 부음(訃音)이 성출 씨네로 날아들었고, 동네 사람들 몇몇과 성출 씨가 슬프게 우는 경숙이 모녀와 함께 하동을 다녀왔다.

내가 구복이를 다시 만나게 된 것은 구복이 나이가 서른 살쯤 되었을 때였다. 명절 때마다 내려가서 이런저런 소식을 다 전해 들을 수 있었지만 유독 구복이네만은 만나 볼 수도, 소식을 들을 수도 없었다. 그러던 차에 향우회(鄕友會)에서 만난 고향 친구들로부터 드문드문 구복이네 소식을 듣게 되었다.

그 친구의 아버지는 어시장에서 제빙(製氷) 공장을 운영하였고, 그 제빙 공장과 성출 씨의 가게가 서로 멀지 않은 곳에 있었기 때문에 제일 먼저 구복이네 소식을 알 법도 하였다.

"너희들 구복이라고 알지? 그 왜 포대화상(布袋和尙)처럼 뚱뚱했던 성출 씨 아들 말이다."

나는 까맣게 구복이에 대한 기억을 놓고 있었기 때문에 이 친구가 왜 갑자기 구복이 이야기를 하는가 싶었다.

성출 씨가 경숙이를 데려온 이후 구복이네 집엔 알게 모르게 어두운 그림자가 드리워지기 시작했다. 늘 명랑했던 진주댁이 시름시름 앓게 되고, 성출 씨의 가게도 점점 기울기 시작해서 구복이가 고등학교에 입학할 무렵에는 결국 남의 손에 넘어가 버리고 말았다.

성출 씨는 처가(妻家)가 있는 진주로 이사를 하게 되었고, 진주에서 성출 씨는 병세가 악화된 아내와 사별(死別)하고 말았다.

얼마 후 구복이 할아버지와 할머니도 돌아가시게 되자, 경숙이는 부산에서 홀로 살고 있던 어머니에게 돌아가고, 성출 씨는 아이들을 진주 외가에 맡겨 둔 채 외항선을 타고 멀리 이역만리(異域萬里)를 떠돌게 되었단다.

"성출 씨가 어째서 외항선을 타게 되었을까? 죽은 진주댁에 대한 자책감이었을까?"

친구 중의 하나가 이렇게 물었고 이어서 누군가가,

"진주댁이 충격을 많이 받긴 했을 거야! 설마 하니 그 우직하게 보였던 성출 씨가 형제처럼 가깝게 지내던 영길 씨의 전 재산을 빌려 쓴 것을 알게 된 이상 마음이 편했을 리는 없었겠지…."라고 맞받았다.

"그런데 언제였던가. 한번은 그 마음씨 착한 진주댁이 성출 씨와 대판 싸움을 벌인 적이 있었잖아? 그 싸움의 발단이 바로 영길 씨한테 빌린 돈 때문이었지. 진주댁이 영길 씨한테 빌린 돈을 빨리 갚아야 한다고 주장하는 바람에 다투게 되었지."

제빙 공장 친구가 이렇게 말하자,

"그러나 경숙 할머니가 돌아가신 다음에 결국 성출 씨와 진주댁이 서로 화해를 하고 경숙이 어머니에게 빌린 돈을 다 갚고 나서 사이가 회복되지 않았나?"

누군가 이렇게 물었고 제빙 공장 친구가,

"성출 씨가 경숙이 친모에게 돈을 갚았다는 얘기는 나도 들었어. 그이후로 성출 씨의 사업도 기울기 시작했다고…. 그러나 어쨌든 성출 씨는 진주댁이 죽고 난 후에 참 많이 울고 방황도 했었지…. 그는 자신의 욕심과 잘못된 판단 때문에 경숙이네가 따로 살면서 고생살이한 것에 대해 책임을 통감하고 뼈저리게 뉘우치기도 했던 것 같아. 그리고 부모님까지도 돌아가시게 되자 바람도 쐴 겸, 돈도 벌 겸해서 외항선을 탔던 거지."라고 말하며 단숨에 술잔을 입에 털어 부었다.

그 이후 구복이네 형과 누이들은 나이가 들어 시집을 가거나 독립을 하여 진주 외가를 떠나게 되었고, 구복이만 진주에 머물게 되었지만 외가의 형편이 그렇게 넉넉한 편은 못 되어서 늘 아버지 성출 씨가 입국하기만을 기다리는 형편이었다.

그러던 중에 성출 씨가 입국을 하기는 하였다. 살아서 돌아온 것은 아니었지만….

성출 씨가 탄 배가 아프리카의 알제린가 어딘가에 정박했을 때 향토병에 걸려 열흘 만에 죽고 만 것이었다. 배를 타고 바다를 떠돈 지 7년 만이었다.

구복이는 아버지 성출 씨가 일했던 외항선 회사에서 받은 얼마간의 보상금에다가 부산에서 알뜰살뜰 절약하며 살던 경숙의 도움을 받아서 어시장의 옛날 아버지 가게를 다시 인수할 수 있었던 것이었다.

"그런데 경숙이는 어째서 여태까지 시집을 안 가고 구복이와 같이 있는 거야? 정말 사람들이 경숙이 걱정을 할 만도 했구만."

누군가가 이렇게 묻자 제빙 공장 친구가 정색을 하고,

"구복이 녀석이 어렸을 적부터 좀 모자라지 않았나. 경숙이는 구복이네 형제들 모두와 가족처럼 잘 지냈지만 구복이는 제 아버지 성출 씨와 경숙이 말만 잘 들었지. 그런데 이 녀석이 나이를 먹어도 늘 그 타령이야! 지금도 여전히 남의 눈치 안 보는 막무가내인데다 고집불통이고….

그나마 다행스러운 것은 신통하게도 장사 하나는 성실하게 잘하니까 좀 괜찮았지. 예전의 성출 씨처럼 출항하는 선박들한테 생필품을 보급하는 장사라서 웬만큼 부지런하지 않으면 힘들 텐데 잘 꾸려 가고 있더라고. 문제는 경숙인데, 어렸을 적부터 친동생처럼 따르던 구복이를 두고 차마 떠날 수 없었던 거지."라고 말하였다.

"더군다나 성출 씨가 경숙이 어머니에게 빚을 갚고 난 후부터 구복이네 집의 가세가 기울기 시작한 데 대해서도 일말의 안쓰러움을 느끼고 있었나 봐. 그래서 경숙이가 구복이를 친동생처럼 돌봐주고 밀어주었다더군." 하고 말하였다.

그날 고향 친구들로부터 구복이 소식을 듣고 난 이후, 나는 금방 구복이에 대한 일은 잊어버리고 말았다.

물론 마음으로는 고향에 내려가면 구복이네 가게에 꼭 한번 들러 보리라고 작정은 하고 있었지만 바쁜 세상살이는 나를 언제까지나 소년 시절의 추억에 얽매이게 내버려 두지는 않았다.

그러던 중에 제빙 공장 친구의 부친이 돌아가셨다는 연락을 받고 고향으로 조문을 가게 되었다. 돌아가신 친구의 선친은 향년(享年) 99세로 노환 때문에 거의 5년 가까이 고생하던 터라 가족들도 조문객(弔問客)들도 모두 상갓집에 어울리지 않게 밝은 표정들을 짓고 있었다.

마당 한편에 서 있는 짙푸른 동백(冬柏)나무에는 붉은 동백 꽃봉오리들이 금방이라도 툭툭 터질 듯이 탐스럽게 맺혀 있어서 봄이 가까이 와 있음을 실감할 수 있었다.

문득 어렸을 적 나와 동갑이었던 경숙이의 모습이 떠올랐다.

어린 경숙은 구복이네 집 마당의 동백나무 밑에 떨어진 동백꽃들을 쓸어 버리기 아깝다며 작은 소쿠리에 하나 가득 주워 담곤 했었다.

그리고 늘 힘없이 땅바닥만 내려다보며 걷던 어릴 적 경숙에 대한 기억도 아프게 떠올랐다.

나는 곧 구복이를 만나 보아야 되겠다는 생각을 하였다. 그곳에서 구복이네 가게까지는 10분 거리도 채 되지 않았다. 나는 친구들에게 양해를 구하고 곧장 구복이네 가게로 향하였다.

잔잔한 바다 한가운데 평온하게 엎드려 있는 돌섬을 내려다보며 어시장을 지나갈 때에는 그 옛날 우리 집 토미를 데리고 땡땡이 무늬 치마를 입고 의기양양하게 동네를 활보하던 구복이의 모습이 생생하게 떠올랐다.

어시장에는 이제 막 고깃배들이 입항했는지 경매 소리가 확성기를

옛날이야기

통해 울려 나왔고, 경매가 끝난 싱싱한 생선을 손수레에 실은 사람들이 분주히 오가고 있었다. 경매장을 지나자 곧 구복이네 가게가 보였다.

구복이네 가게 문을 열고 들어서자, 이제 막 돌이나 지났을 듯 되어 보이는 아이를 들쳐 업은 여자가 나를 맞이했고 나는 직감적으로 그녀가 구복이 아내임을 알 수 있었다. 그녀의 등에 업혀 있는 사내아이의 모습이 예전의 구복이 모습과 많이 닮아 있었기 때문이었다.

"구복 씨 좀 만날까 해서요. 지금 집에 있나요?"

웃음 띤 나의 말에 그녀는 대답 대신 가게 안을 향해서

"수길이 아배요! 손님 왔심더. 퍼뜩 좀 나와 보이소." 하고 소리쳤다.

잠시 후에 구복이가 나왔고 나는 금방 그를 알아볼 수 있었다.

그는 성출 씨와 흡사하게 닮아 있었던 것이다. 그러나 구복이는 나를 한참이나 보고 나서도 전혀 알아보지 못하는 눈치였다. 내가 어렸을 적 이야기, 그러니까 우리 아버지, 어머니 이야기, 우리 형제들 이야기, 토미 이야기 등을 한참이나 해 주고 나서야 비로소,

"아, 예, 그러니까, 그 사장님 댁 형님이 바로 아저씨네요."라고 했다.

나는 속으로 얼마나 서운한지 '이런 멍청한…. 잊어버릴 게 따로 있지. 치마 입고 다녔던 그 무렵이야말로 네가 이 세상에서 제일 행복했던 시절이었을 터인데, 그 시절 추억을 기억 못 하다니. 참 네 놈이 모자라도 한참은 모자란 놈인가 보다.' 하고 속으로 욕을 해 대었다. 그러나 그런 내색은 숨기고,

"그런데 경숙이는 어떻게 되었나?" 하고 물어보았다.

구복이의 이야기를 대충 종합해 본즉 지금의 이 가게를 인수한 이후

로 구복이는 열심히 땀 흘려서 터전을 잡았고, 이런 구복이를 경숙이
는 물심양면으로 도와주었다고 했다.

구복이를 결혼시킨 후 경숙이는 부산에서 혼자 살고 있는 어머니에
게로 돌아갔다고 하였다.

경숙의 어머니는 경숙이가 들어가기 오래전에 재가(再嫁)를 하였지
만 새 남편과 뜻이 맞지 않아 3년 만에 다시 이혼을 한 뒤로 20년 가까
이 혼자 살고 있었다고 하였다.

구복의 아내가,

"경숙이 그 형님이 어째서 시집을 안 갔느냐 하면은, 바로 우리 수길
이 아배 때문 아닌교. 동생을 장가 보내야 자기 책임을 다하는 것이라
고, 참 울기도 많이 울었지예…. 먹을 것 다 못 먹고, 입을 것 다 못 입
고…. 그래서 가게 차려 주고, 장가 보내 주고 다 끝낸 다음에 부산에
가셨심더. 그 형님도 올 가을에 결혼식 올린답니다."라고 하는 말에 나
는 속으로 '참 잘되었다. 타고난 품성들이 워낙 착했으니까. 행복하게
들 잘 살아야지….'라고 생각하며 가슴을 쓸어내렸다.

가게 유리창 밖으로는 갈매기들이 잔잔하고 짙푸른 바다 위를 한가
로이 날고 있었다. 나는 구복이네 부부에게 진심 어린 축복과 격려를
남기고 가게를 나왔다. 구복이는 그런 나에게 무덤덤하게,

"안녕히 가입시더." 하고 내다보지도 않았다. 속으로 나는 '오줌싸개
녀석 같으니라구. 그것도 인사라고….' 하고 발길을 돌렸다. 그러나 마
음속은 한없이 상쾌하였다.

더욱이 구복이 아내가 정말 지겨워서 못 견디겠다는 목소리로,

"이 문덩이 같은 수길이 놈이 또 오줌을 쌌네, 이 자슥이 도대체 누굴 닮아서 오줌을 한도 끝도 없이 이렇게 싸 대노!

수길이 아배요, 기저귀 한 장 퍼뜩 갖다 주이소! 기저귀가 남아 나질 않네…."라는 소리를 등 뒤로 들을 때는 웃음을 참을 수가 없었다.

- 끝 -

4) 소녀

얼마 전 나는 심한 우울증으로 6개월 휴직원을 회사에 제출하고 요양을 위해 작은 어촌 도시 P시에 간 적이 있었다.

나를 진료했던 의사는 공기 좋은 곳에서 처방해 준 약을 잘 먹고 마음 편하게 적당히 잘 쉬다 오면 건강이 회복될 것이라고 말했다.

바다에 면한 P시는 내 고향처럼 조용하고 풍경이 아름다웠다.

내가 그해 초여름부터 6개월 동안 살게 된 집 뒷산에는 숲이 우거져 있어서 청량감을 느낄 수 있었고, 산자락 아래에서부터 맑고 예쁜 개천이 발원(發源)해서 앞바다로 흘러들었다.

맑은 물이 흘러내리는 개천 양옆으로는 꽤 많은 집들이 올망졸망 모여서 평화로운 동네를 이루고 있었다.

동네에서 내려다보이는 여름 바다 위로 해풍에 일렁이는 해무(海霧)와 갈매기들의 울음소리는 도시에서 지친 내 마음을 포근하게 위로해 주었다.

나는 매일 저녁 무렵, 정해진 시간에 개천 길을 따라 바다와 만나는 지점에 있는 다리까지 내려갔다가 되돌아오는 길을 산책 코스로 정했다.

산책 중에 그 소녀를 처음 눈여겨보게 된 것은 P시에 와서 저녁 산책을 시작한 지 열흘쯤 지난 후였다.

내가 산책 코스로 정해서 걷는 언덕길 중간쯤에 소녀의 작은 집이 있었는데, 집 앞에 앉아 있는 작고 가냘픈 소녀의 모습이 내 마음을 아프게 건드렸기 때문이었다.

그곳에서 내려다보이는 석양 무렵의 바다 풍경은 참으로 장관이었

다. 푸른 섬들이 옹기종기 흩어져 있는 바다 위를 붉게 물들이며 저
멀리 수평선 아래로 붉은 해가 잠기는 황혼의 바다 풍경은 언제나 나
를 고독감과 함께 오늘 하루도 잘 보냈다는 안도감에 젖어 들게 만들
었다.

소녀는 저녁 무렵이 되면 항상 낡은 나무 대문 앞의 돌계단에 웅크
리고 앉아서 우수에 잠긴 눈빛으로 붉게 물든 바다를 바라보고 있었
다. 그러다가도 집 앞을 지나가는 사람이 있으면 기대에 가득 찬 눈빛
으로 유심히 그 사람을 쳐다보곤 하였다.

저녁 해가 완전히 수평선 아래로 잠기고 내가 아쉬운 발걸음을 돌려
집으로 향할 때쯤이면 소녀는 큰 눈을 동그랗게 뜨고 하고 싶은 이야
기라도 있는 듯한 표정으로 나를 쳐다보았다. 이제 겨우 일곱, 여덟 살
도 채 안되어 보이는 어린 소녀의 표정이 어째서 저렇게 어두워 보일
까 싶어서 나는 궁금증과 함께 가슴 아린 애잔함을 느꼈다.

어스름 땅거미가 내려앉기 시작하고 소녀의 집을 한참 지나쳐서 뒤
돌아보면 소녀는 그때까지도 대문 앞 돌계단에 멍하니 앉아 있었다.

나는 거의 매일 저녁 석양 무렵에 소녀의 집 앞을 지나 다녔고, 그때
마다 소녀는 울 듯 말 듯 눈물이 글썽이는 큰 눈으로 무슨 할 말이라도
있는 듯 나를 바라보았다.

소녀는 늘 돌계단 위에 혼자 앉아 있었지만, 간혹 드물게 상복(喪服)
같은 검은색 옷을 입은 젊은 여인과 같이 앉아 있을 때도 있었다. 젊은
여인은 창백한 안색에 무표정한 얼굴로 소녀와 함께 대문 앞 돌계단에
망부석처럼 앉아서 석양에 물든 바다를 바라보고 있었다. 석양을 바라

보는 여인의 눈빛은 깊은 슬픔과 좌절감에 차 있어서 보는 사람의 가슴을 뭉클하게 만들 정도였다.

그러던 어느 날, 내가 저녁 산책길에 소녀의 집 앞을 지나 귀가하는 중이었는데 소녀가 울먹이면서 나에게로 달려왔다. 내가 깜짝 놀라서 소녀를 안아 주자 소녀는,

"어머니가 나를 내쫓았어요. 집에서 나가라고 했어요."라며 슬프게 울먹였다. 내가,

"울지 마. 알았어. 어머니한텐 좀 있다 같이 가 보자." 하고 소녀를 달랬다.

간신히 울음을 그친 소녀와 돌계단에 같이 앉아 있는데, 집 안에서 소녀의 어머니가 나왔다.

소녀의 어머니는 검은 옷 때문에 더욱 창백하고 지쳐 보이는 얼굴로 나에게 목례를 건넨 후,

"애가 언제 올지도 모르는 아버지를 기다린다고 억지를 부리고 있네요." 그리고는 한동안 석양을 바라보다가,

"애 아버지는 먼 데 가 있어서 언제 돌아올지 몰라요." 하며 깊은 수심에 잠긴 얼굴로 짧게 말하고는 소녀를 데리고 집 안으로 들어갔다.

그날 이후 소녀는 며칠 동안 보이지 않았지만 나는 늘 같은 시간에 산책을 했고 소녀의 집 앞을 지나다녔다.

나는 궁금한 마음에 소녀의 집 대문을 열고 들어가 볼 생각까지 하기도 했으나 다음 날엔 볼 수 있을 것이라는 기대감으로 애써 궁금증을 참았다.

그러던 중, 그날은 날이 흐리고 바람까지 불어서 발걸음을 재촉해서 집으로 향하던 중이었는데, 허름한 여름옷을 입은 소녀가 돌계단 위에 우두커니 앉아 있었다.

나는 반갑고도 애처로운 마음에 소녀에게,

"반갑구나. 그동안 무슨 일이 있었어?" 하고 물었다. 소녀가,

"많이 아팠어요. 지금도 아프고요…. 아버지가 집에 오는 꿈을 꾸었어요. 그래서 아버지를 기다리고 있어요."라고 두서없이 말했다. 내가,

"그랬구나. 바쁜 일 끝내시면 아버지가 금방 오시겠지." 하며 가엾고 애처로운 마음에 등을 토닥여 주며,

"바람 부는데 감기 들라. 이제 그만 집에 들어가거라."라고 말하고 무거운 발길을 돌렸다.

나는 집에 다다를 때까지 몇 번이나 소녀를 돌아보았고, 그때마다 소녀는 꼼짝없이 앉아서 오가는 사람들을 꼼꼼하게 쳐다보고 있었다.

그들 속에 아버지가 섞여 있기를 소녀는 간절하게 바라고 있었을 것이다.

소녀의 마음을 짐작할 수 있었기에 내 가슴은 애처로움에 미어지듯 아팠다.

다음 날 나는 저녁 산책 전에 소녀에게 줄 작은 선물을 마련했다. 대문 앞 차가운 돌계단 위에 깔고 앉을 푹신하고 작은 방석 하나와 초콜릿 한 상자였다.

그날도 역시 돌계단 위에 소녀는 앉아 있었다. 내가 방석을 놓고 그 위에 소녀를 앉히자 소녀는 미소를 지으며 기뻐했다. 초콜릿 상자를

옛날이야기

두 손으로 받아 들고는 잠시나마 환한 웃음도 지어 보였다.

나는 소녀와 함께 한동안 계단 위에 함께 앉아 있다가

"추워지니까 이제 들어가야지. 내일 또 만나자."라고 말하자 소녀는 물끄러미 내 눈을 쳐다보며 고개를 끄덕였다.

다음 날부터 소녀는 내가 건넸던 방석과 초콜릿 과자에 대한 답례로 작고 샛노란 산국화 꽃 한 송이를 매일같이 나에게 건네기 시작했다.

낡은 나무 대문 너머로 보이는 소녀의 집 작은 마당에는 초가을부터 노란 산국화나 하얀 구절초, 분홍색 바늘 꽃 등이 많이 피었는데 소녀는 그중에서 예쁜 산국화 한 송이를 따서 나에게 건네기 시작한 것이다. 나는 산국화 한 송이를 기쁜 마음으로 소중하게 받아 들고 소녀에게,

"꽃이 예쁘구나. 그래도 네가 꽃보다 더 착하고 예쁘단다." 하고 말해 주었다.

그렇게 나는 매일 소녀와 만나서 몇 마디씩 말을 나누며 가까워졌다.

소녀와 내가 만난 지 4개월이 다 되어 가는 어느 날인데, 그날은 제법 가을이 깊어 가는 때라서 바다 위를 불어오는 해풍도 제법 차가워졌을 무렵이었다.

나는 산책길을 걷는 동안 줄곧 소녀 생각을 떨쳐낼 수 없었다. 얇은 여름옷으로 쌀쌀한 가을 바람이 아침저녁으로 부는 날씨에 감기라도 걸리면 어쩌나 하는 걱정이었다. 그래서 나는 소녀의 따뜻한 가을옷이라도 한 점 사 들고 소녀의 집을 방문할 계획을 세웠다.

그날 저녁 무렵에도 소녀는 대문 앞 계단에 작은 몸을 웅크리고 앉

아 있다가 나에게 노란 산국화 꽃 한 송이를 건네주었다. 내가,

"고맙구나. 오늘 꽃은 더 예쁘네. 그런데 집에 어머니 계시지?" 하고 묻자 소녀는 놀란 듯이 눈을 크게 뜨고 고개를 끄덕였다.

아마도 소녀는 내가 어머니를 찾으리라고는 생각도 못 한 듯했다.

대문을 열고 현관 문을 두드리자 소녀의 어머니가 의아해하며 문을 열어 주었다.

내가 조심스럽게 소녀의 옷을 건네자 소녀의 어머니는 창백한 얼굴에 옅은 미소를 띄우며,

"이걸 받아도 되는지 모르겠네요. 우리 아이가 선생님을 잘 따르고, 선생님도 우리 아이를 예뻐해 주셔서 늘 감사하고 있어요…. 예쁜 옷을 보면 아이가 좋아하겠네요." 하고 옷을 받아 들었다. 그리고 소녀의 어머니는 소녀가 매일같이 대문 앞 돌계단에 앉아 있는 까닭을 설명했다.

"아버지를 기다리고 있는 중이에요. 말려도 소용 없어요. 언제 돌아올지 기약도 없는데…. 아예 못 돌아올 수도 있어요."라는 말에 문득 얼마 전에 소녀가 나에게 어머니로부터 아버지를 기다린다고 억지를 부려서 집 밖으로 쫓겨났다고 했던 일이 떠올랐다.

소녀의 어머니는 모든 것을 다 체념해 버린 사람처럼 처연한 표정으로 말했다. 소녀에게는 아버지가 좀 더 있어야 돌아올 것이라고 말했다고 했다.

나는 너무나 무겁고 침통한 그녀의 어조에 소녀의 아버지가 무슨 이유로 집을 떠나 있는지 그 이유를 차마 물을 수가 없었다.

옛날이야기

내가 소녀의 어머니와 이야기를 끝내고 대문 밖으로 나올 때, 소녀의 어머니가 무심하고 짧게,

"우린 며칠 안에 먼 곳으로 이사 가요. 그동안 우리 아이한테 잘해 주셔서 감사드려요." 하고 말했다.

그 말을 듣는 순간, 지난 4개월 동안 소녀와 함께 지내 왔던 시간들이 영화 속 파노라마 장면처럼 스쳐 지나갔다. 그와 동시에 나는 가엾은 소녀를 이제 더 이상 볼 수 없다는 사실을 깨달았다. 나는 그런 갑작스러운 상황을 도저히 받아들일 수가 없었다.

다음 날 석양 무렵에 나는 소녀를 볼 수 있으리라는 기대감을 가슴에 안고 산책길에 나섰다. 소녀를 보게 되면 나에게 국화꽃을 건네주던 작은 손을 꼭 잡고 아무 말없이 등이라도 토닥여 주고 싶었다.

그러나 소녀가 앉았던 돌계단 위는 쓸쓸하게 비어 있었다.

그 이후로도 나는 산책길에서 더 이상 소녀를 볼 수 없었다.

나는 소녀네가 이사 가기 하루 전날 저녁 무렵에도 산책길에 나섰다. 이날이 아니면 소녀를 다시는 만날 수 없을 것이라는 생각이 들었기 때문이었다.

그러나 그날도 산책을 마치고 돌아오는 길에 소녀는 보이지 않았고, 낙담 끝에 발걸음을 돌리려다 무심코 소녀가 앉았던 돌계단을 보니 계단 위에 노란 국화꽃 몇 송이가 쓸쓸히 놓여 있었다. 나는 소녀의 야윈 얼굴과 가엾은 눈빛을 떠올리며 국화꽃들을 소중하게 챙겨 와서 책상 위에 올려 놓았다.

다음 날 아침 일찍 트럭 한 대가 와서 이삿짐을 싣고 금방 P시를 빠

져나갔다.

나는 소녀네가 이사 간 후, 며칠 동안 평정심을 잃고 몸살에 시달렸다.

책상 위에 올려놓은 노란 국화 꽃송이들을 볼 때마다 애처로울 정도로 가냘픈 소녀의 모습과 슬픈 눈망울이 떠올랐다.

나는 책상 위의 국화 꽃송이들이 시들어 빛이 바랠 무렵이 되어서야 일어날 수 있었다. 몸살에서 회복된 이후에도 저녁 산책길에 나서지 못했다. 소녀가 앉아 있던 빈 돌계단을 차마 볼 수가 없을 것 같았기 때문이었다.

나중에 소녀가 살던 집 이웃 사람에게 들은 바로는 소녀네는 작년 봄에 M시에서 소녀의 외할머니가 살던 이 집으로 이사를 왔다고 했다.

소녀의 아버지는 수완 좋은 무역 중개업자로 자주 외국을 드나들었는데, 젊고 잘생긴 외모에 사교성이 좋아서 그의 주변에는 늘 여인들이 많이 모여들었다고 했다. 그러다가 몇 년 전에 그가 미모의 외국 여인과 눈이 맞았다는 소문이 떠돌았고, 가족에게 가끔씩 오던 연락도 언제부터인지 완전히 끊겼다고 했다.

심지어 소녀의 외할머니가 돌아가셨는데도 연락이 없었다고 했다.

소녀의 어머니는 자신과 딸을 버린 남편을 사별(死別)한 것으로 치부해서 상복(喪服) 삼아 항상 검은 옷을 입고 있는 것이며, 아버지를 기다리는 딸에게는 차마 사실대로 말하지 못하고, 언제가 될지 모르지만 한참을 더 기다려야 아버지가 돌아올 것이라고 말했다는 것이다.

소녀의 어머니는 소녀와 함께 이사 전날 이삿짐을 싸 놓고 집을 둘러보았는데, 집을 둘러보는 내내 소녀는 울먹이며 이사를 가지 말자고 졸랐다고 했다. 소녀의 어머니가 단호하게 안 된다고 말하자 소녀는 울면서 마당에 피어 있는 국화꽃들을 따 모았다고 했다.

가을이 지나고 소녀의 집 마당의 바늘꽃, 산국화 등이 모두 시들은 초겨울 무렵, 나도 6개월을 채우지 못하고 P시를 떠났다.

그날 내가 P시를 떠나며 마지막으로 바라본 황혼의 바다 풍경은 전혀 아름답지 않았다.

침울하고 슬픔에 찬 낯선 바다일 뿐이었다.

- 끝 -

5) 운명론자 친구

그가 왔다.

그가 방랑(放浪)길에 들어선 이후 세 번째 방문이다.

그의 첫 번째 방랑은 5년 전쯤, 우리들 나이 쉰세 살 때, 그의 어머니 장례를 마치고 석 달쯤 지난 무렵이었다.

그가 느닷없이 나를 찾아와서,

"여보게, 나 어디 좀 다녀올게. 얼마 안 걸릴 거야. 가끔 우리 집 좀 들여다봐 주게." 하고 말했다.

그의 어머니는 거의 1년 가까이 불치(不治)의 병으로 자리에 누워 계시다가 병원에서 임종을 맞이했다. 그렇게 어머니를 떠나보낸 그의 얼굴빛은 일절 집에서 나오는 일이 없어서 그랬는지 창백한 혈색에 다소 생소하게 들리는 짧은 부탁의 말을 남기고 일 년 넘게 떠돌다 어느 봄날 갑자기 돌아왔다.

"아니 여보게, 도대체 어디를 다녀왔길래 그동안 통 연락이 없었나?"

원망 섞인 내 질문에 그는 무심한 듯,

"응, 인도랑 네팔 좀 다녀왔어. 여기저기 기분 전환 삼아 떠돌아 다녔지. 나중에 얘기하세." 하고는 굳게 입을 다물어 버렸다.

그러다가도 가끔 술이라도 한잔하게 되면 1년여 간의 여행길에 겪었던 일을 간략하게 토막토막 얘기해 주었다.

"인도라는 나라는 참 알다가도 모를 나라야. 부처님의 나라인데도 힌두교도들이 더 많고, 관습이 법보다 우선하고, 삶과 죽음이 공존하고, 가장 야만스러운 계급제도가 아직도 존재하는 나라거든."

그러면서 한참을 여행 중에 둘러본 인상 깊었던 곳의 기억을 신이 나서 털어놓았다.

그와의 대화 중에서 그가 별안간 여행길에 나서게 된 이유를 어렴풋이나마 짐작할 수 있는 실마리를 포착할 수 있었다.

그가 첫 번째 여행에 나서기 얼마 전, 신문에 조그맣게 실린 기사를 보고 그가 불같이 화를 내며 흥분한 적이 있었다. 그 내용인즉, 인간 영혼의 무게가 21그램(g)이라는 가설로 미국 메사추세츠주에서 의사로 일하던 던칸 맥두걸(Ducan Macdougal)이란 사람이 1907년 의학 저널《아메리칸 메디슨》에 처음 제기한 이론이었다.

던칸은 죽음의 순간에 인간의 체중을 측정하였는데, 이때 약 21g 정도가 가벼워지는 것을 발견했다고 보고했다. 그는 이를 인간 영혼의 무게라고 보고 영혼이 물리적인 특징을 지닌 물질이라고 주장하였다.

그러나 던칸의 실험은 적은 샘플을 이용했으며 실험 방식의 신뢰도가 낮았고 피험자 중 극히 일부만이 가설을 충족했다는 점에서 과학계에 받아들여지지 않았다.

"영혼의 존재 유무를 그 따위 허접한 방식으로 증명하려 하다니, 참 어이가 없구먼. 영혼을 무슨 동전 따위처럼 그램으로 파악하겠다니 기가 막히네…."

그는 끓어오르는 분노를 삭이지 못해 한참 동안 혼자서 중얼거리고 있었다.

보다 못해 내가 달래는 듯한 말투로 타이르듯 말했다.

"사람 참, 아니면 그만이지. 뭘 그렇게 흥분하나~. 하기사 나도 그건 말 같지 않은 소리라 금방 잊어버리고 말았는데…."

그러자 그가 침울한 어조로 말했다.

"어머니 생각을 하면 그렇게 허접한 이야기에도 전혀 마음이 편치가 않아…. 어머니 영혼을 21그램 무게에 지나지 않는 물리적 존재로만 치부하니까 너무 가엾고 애처로워. 우리 인생이 그렇게 허망한 것인가!"

그 이후, 그는 입을 굳게 다문 채 골똘하게 상념에 잠겨 있다가 내가,

"자네 여기서 같이 저녁 먹고 해변가 방파제에서 바람이라도 쐬다가게." 하는 말에 그는 대답도 없이 나가 버렸다.

그날, 나는 친구가 어머니의 죽음을 온전히 인정하지 않고 있음을 느낄 수 있었다. 그는 자신의 가슴속에 어머니의 영혼을 품고 있다고 믿고 싶어 하는 듯했다.

1년여의 방랑에서 돌아온 후, 그의 생활 모습과 태도에는 많은 변화가 있었다.

어머니를 여의고 의기소침해 있던 그의 모습은 온데간데 없고, 늘 밝은 모습을 보여 주었다.

그리고 집에서 보내는 시간보다 집 밖에서 보내는 시간이 많아졌다. 다시 말하자면, 예전보다 훨씬 사회적 인간이 되어 있었다. 친구들과 자주 어울렸고, 쾌활해졌다.

친구 중의 누군가가 좀 과하다 싶을 정도로 정치 문제에 열을 올린다거나 어떤 일에 과도한 집착을 보여서 주변 친구들을 난감하게 만들면 그는 조용히 그 친구에게 다가가서,

"우리가 헤어지고 나면 자넨 분명 후회하고 미안한 마음이 들 거야. 제발 진정하게." 하고 말하면 그의 중재에 대부분의 경우 다툼은 금방 가라앉아서 서로 악수하고 화해를 하였다.

그러나 간혹 다혈질의 어떤 친구는 참지 못하고 낯빛이 하얘져서 계속 화를 내기도 하였다.

이때 그가 다혈질의 친구에게 다가가서,

"이 사람아, 우리끼리니까 이런 이야기도 하는 거지. 뭘 그리 흥분하나….." 하고는 그 친구의 눈을 한참 들여다보았다. 그러면 다혈질의 친구는 금방 고개를 숙이고 사과를 해서 무거웠던 분위기를 되돌려 놓곤 했다.

이런 분쟁이 생길 때마다 우리는 그가 나서 주길 바랐고 그때마다 그는 우리의 기대를 저버리지 않았다.

그는 카리스마 있는 눈빛과 부드러운 화법으로 금방 상대방을 제압하였다.

그런 그를 보고 나는 속으로 그가 분명 여행 중에 인간 심리 조절 비법이라든가 감정을 조종하는 방법이나 대화의 기술을 배웠을 거라고 엉뚱한 생각을 할 때도 있었다.

그는 원래 개인주의적 경향이 강해서 남의 일에 끼어들기를 극도로 싫어했었다.

그에게는 또 하나 이상한 습관이 있었다. 무슨 일을 하다 갑자기 행동을 멈추고 멍하니 한 곳을 한참 동안 응시한다거나, 길을 걷다가도 문득 한 곳에 멈추어 서서 골똘히 생각에 잠기는 일이었다. 그럴 때 우

옛날이야기

리는 조용히 하던 일이나 걸음을 멈추고 우리끼리 나지막하게 이야기를 주고받았다.

"여행 때 생긴 버릇인가 봐. 수행을 열심히 했나 보네."

여하튼 우리들은 카리스마 강한 수행자(修行者) 친구 덕분에 평온한 나날을 보낼 수 있었다.

그렇게 평화롭게 지내던 그를 두 번째 방랑의 길로 밀어낸 일이 생겼다.

직장에서 퇴근을 하면 우리는 늘 그의 집 마당이나 우리 집 마당에 모여서 편안한 마음으로 담소를 나누었다.

간혹 그 자리엔 다른 친구도 같이 껴 있기도 하였으나, 대체로 그와 나 둘만 있는 날들이 훨씬 더 많았다. 그만큼 우리 둘 사이의 우정은 돈독했다.

우리가 나눈 대화 내용은 주로 가족들 이야기, 고향 이야기, 세상 돌아가는 이야기, 또는 우리 미래의 인생에 관한 이야기 등 매우 다양했다.

그날 그는 이야기 중에,

"신라 때 노래 향가(鄉歌) 중에 〈원왕생가(願往生歌)〉라고 있지. 광덕과 엄장이라는 우애 두터운 두 인물이 극락왕생(極樂往生)을 기원하고, 이를 위해 열심히 수행해서 결국 뜻을 이룬다는 배경 설화가 있는 노래인데, 나는 이 향가를 떠올릴 때마다 부모님 생각이 나네. 부모님과 가족들을 위해서라면 광덕처럼 나도 항상 〈원왕생가(願往生歌)〉를 읊조리겠네…. 우리도 부디 의미 있는 인생을 살 수 있기를 바라네." 하고 간절한 소망이 담긴 눈빛으로 말했다.

또 어떤 가을날이었는데, 마당에서 등대 불빛이 외롭게 반짝이는 밤바다를 내려다보던 그가 침울하게 말했다.

"언젠가 멀지 않은 때에 나는 죽음을 맞이할 것 같은 생각이 드네. 내가 그리 허약한 체질이 아니라서 병에 걸려 죽지는 않을 거고, 여행 중에 아주 낯선 곳에서 죽을 것 같은 예감이 드네." 하고 비장한 표정으로 나지막하게 말했다.

"그리 되어도 나는 억울할 거 없지. 내 업보(業報)니까."라고 덧붙이는 그의 말에 내가,

"이 사람아, 무슨 뚱딴지 같은 소리를 하고 있어? 업보라는 건 또 무슨 말인가? 갑자기 운명론자(運命論者)라도 되었나? 자네, 역마살(驛馬煞)이 도졌나 보다." 하고 가볍게 나무랐다.

그와 내가 아주 어렸을 적부터 같이 지내 왔기에 그의 속내를 내가 다 알고 있다고 믿고 있었는데, 지금 그의 말은 도통 이해할 수가 없었다. 순간, 가끔 내가 그의 집으로 찾아가면 그때마다 그가 명상에 잠겨 있어서 인기척을 못 느낀다거나, 체력 운동을 하느라고 땀을 흘리고 있을 때가 많았다는 것이 떠올랐다.

그는 나에게,

"복잡하고 슬픈 생각이나, 허무주의에서 벗어나려면 명상(冥想)을 통해서 무념무상에 도달해야 해. 명상을 하려면 체력이 뒷받침이 되어야 하는데 예전만 못해. 당분간 땀 좀 빼면서 체력을 길러야 돼." 하고 스스로에게 다짐하듯 말했다.

그것이 방랑을 위한 준비 운동이라는 것을 그때는 알아채지 못했다. 단지 '업보'라는 말만이 의미심장하게 귓전을 맴돌 뿐이었다.

그로부터 얼마 지나지 않아 일이 일어났다. 그의 처제(妻弟)가 사망한 것이다.

51세의 젊은 나이로 처제가 세상을 떠났다는 것이었다.

그의 아내는 참 가엾고 딱한 사람이라는 생각을 지울 수 없다.

6·25가 터지기 전, 황해도에서 만석꾼으로 부유했던 그의 처가는 전쟁이 나자 남으로 피난 와서 연평도를 거쳐 인천에 정착했다.

그의 장인 생존 시에는 사는 데 별 어려움이 없었으나, 장인이 심근경색으로 급서(急逝)하자 사정은 급변했다.

그때 그의 아내는 11살 초등생이었다.

먹고사는 일이 우선이라, 그의 장모는 생선 가게를 시작했고, 1남 2녀인 자식들 교육이 힘들어서 장남인 아내의 오빠는 고교를 졸업하자마자 9급 공무원으로 취직하였다.

큰 딸인 그의 아내는 근근이 고교를 졸업했고, 작은 딸 처제(妻弟)는 어렸을 적 앓았던 뇌성마비 때문에 지능이 네다섯 살에서 그대로 멈추어 버렸다. 그래서 작은 딸은 장사하는 늙은 어머니와 하루 종일 같이 지냈다.

그의 아내가 결혼 후에 간혹 그와 함께 방문해서 "형부 왔어. 이리 나와서 과자 먹자."라고 말하면 처제는 수줍어하며 언니나 어머니의 등 뒤에 숨어서 좀처럼 나오려고 하지 않았다. 그러다가도 갈 때가 되

어서 그가 그의 아내와 함께,

"우리 갈게. 잘 있어~."라고 말하면 수줍어서 얼굴이 빨개진 채로 나와서 꾸벅 인사를 하곤 했다. 그는 그런 처제가 너무나 가여워서 발길이 잘 떨어지지 않았다고 했다.

친구의 소개로 아내를 만나고, 첫눈에 아내에게 반한 그는 주위의 모든 반대를 물리치고 가난하고, 부친이 없으며, 지능의 발달이 멈춰버린 여동생이 있는 여인과 결혼을 한 것이다.

내가 늘 그에게,

"결혼이라는 게 당사자들만의 뜻만 가지고 이루어져서는 안 돼. 어른들의 뜻도 존중해야지. 여보게, 자네 부모님이 제발 이 결혼 좀 말려달라고 나한테 신신당부하셨네. 그러니 좀 신중하게 생각해 보게."라고 몇 번을 이야기했지만 그는 막무가내였다.

나중에 듣기에 그의 어머니가 그에게,

"애야, 잘 생각해서 결정하거라. 나중엔 아무리 후회해도 소용없다. 네가 얼마나 눈물을 흘리려고 그러는지 모르겠다. 모든 것이 다 인연이고 업보라서 내가 말려 봐야 소용없는 일이라는 것은 알지만…."

그렇게 그의 어머니는 불안하고 안타깝게 생각해서 만류했는데, 처제의 죽음 때문에 두고두고 그가 괴로워했던 것을 보면 그 염려가 적중한 셈이었다.

그의 아내는 결혼 후, 부지런하고 착한 심성으로 시부모(媤父母)로부터 인정받고, 귀여움을 받았다. 또 착한 두 아들을 둔 덕에 심리적 안정을 얻고 남들처럼 인생의 즐거움도 누릴 수 있었다고 했다.

그래서 그의 아내는 습관처럼 그에게 고맙다고 말한다고 했다. 자신을 구해 준 사람이라고….

그렇게 평탄하고 무탈하게 반백년 인생을 잘 살아왔을 때, 그의 아내는 동생의 죽음을 오빠로부터 전해 들었다.

언니가 그와 결혼한 후, 처제는 어머니와 둘이 살게 되었는데, 시집 간 언니의 빈 자리가 어린 아이와 다름없는 처제에게 감당이 안 되는 큰 외로움을 안겨 준 듯했다.

그 후 처제 나이가 50대에 접어들면서 급속한 노화(老化)와 함께 우울증이 찾아왔다. 그리고 식음을 전폐하더니 석 달을 채 넘기지 못하고 세상을 하직하고 말았다.

발인(發靷) 전에 마지막으로 본 처제의 모습은 백발이 성성하고 미이라같이 바싹 마른 노파(老婆)의 모습이었다. 그의 아내는 그런 동생의 모습에 얼마나 놀라고 미안했던지

"언니가 너무나 미안하다. 어쩌면 좋으냐. 내가 나빴다. 정말 나빴다. 미안하구나. 너무 미안하구나!" 하고 슬프게 오열했다.

처제의 부음(訃音)은 그에게도 큰 충격을 준 듯했다. 그의 결혼으로 처제는 항상 자신을 보살펴 주던 언니를 형부라는 낯선 사람에게 빼앗겼고, 그것이 결국 처제의 죽음을 불러왔을 것이라고 자책하는 것 같았다.

처제의 죽음은 그의 늙은 장모까지 상심하게 만들어서 급속한 건강 악화를 초래하여, 처제의 죽음 후 6개월 만에 작은 딸의 뒤를 따르고 말았다. 이에 그는 스스로를 간접 살인자 정도로 치부하고 자책하며

괴로워하는 듯했다.

3년도 채 안 되는 짧은 기간에 세 번의 죽음을 겪은 그의 눈빛은 생기를 잃고, 실어증에 걸린 사람처럼 말을 잃었다.

그의 아내 또한 상실감에 빠져 한동안 먹지도 자지도 못했다. 보다 못한 그가 아내를 병원 응급실로 데려갔더니 악성 빈혈에 심한 우울증이 와서 심신이 극도로 쇠약한 상태라는 진단이 나왔다.

그의 아내는 응급실에서 급하게 처치를 받은 후에 일주일 정도를 입원할 수밖에 없었다. 퇴원 후에도 그의 아내가 길을 가면 사람들이 한번씩 쳐다볼 정도로 혈색이 창백했었다. 그뿐 아니라 가끔 쓰러져서 사람들을 자주 놀라게도 하였다.

그런 그의 아내를 두고 그는 두 번째 방랑을 꿈꾸고 있는 중이었다.

첫 방랑을 끝내고 돌아온 그가 두 번째 방랑 길에 나선 때가 우리들 나이 쉰다섯 살 때였다.

첫 방랑 길에서 돌아온 후, 1년 가까이 정상적으로 일상에 복귀해서 얌전히 있던 그가 갑자기 소식을 뚝 끊어 버렸다. 처제와 장모의 갑작스러운 죽음 때문에 그럴 것이라고 짐작을 하긴 했지만 그 침묵의 시간이 너무 길다는 생각이 들었다.

내가 궁금증을 참지 못해 그의 집을 찾아갔을 때는 그해 큰 태풍이 몰아쳤던 초가을 무렵이었다.

그의 집 마당에는 크고 틀이 좋은 백일홍이 아직도 붉은 꽃송이들을 피운 채, 비 맞은 꽃가지들을 축축 늘어뜨리고 있었다. 이 백일홍 나무

는 그와 내가 같은 시기에 수목원을 가꾸던 동창으로부터 얻어 온 것
인데, 우리 집 나무는 흰색 꽃이 피고, 그의 집 나무는 붉은색 꽃이 피
는데, 어찌된 일인지 우리 백일홍은 그의 나무보다 성장 속도가 더디
어서 나무의 틀도, 크기도 보잘것없었다. 거기에 비해 그의 백일홍은
크기도 훨씬 더 크고, 가지도 풍성해서 백일홍 꽃이 필 때면, 나무 전
체가 붉은색 꽃 덩어리 같았다. 모르긴 해도 그만큼 그가 공을 들여서
잘 가꾸었을 것이다.

그의 어머니도 돌아가시기 전에 이 나무를 좋아하셔서 자주 백일홍
나무 아래에서 차를 드시며 식구들과 담소(淡笑)를 나누기도 하였다.

그의 아내가 걱정 어린 모습으로 나를 2층 서재에서 무엇인가 열심
히 기록하고 있던 그에게 안내했다.

그는 흘깃 나를 보고는 짧은 눈인사를 보내고는 다시 하던 일에 몰
두했다. 내가 슬쩍 그의 책상 옆으로 가서 작업 중인 그의 기록물을 살
펴보았다.

가장 먼저 눈에 띈 것은 그의 단정한 필적으로 꾹꾹 눌러쓴 그의 어
머니와, 장모, 처제의 기일(忌日)이었다. 그밖에 교통편, 무슨 일정(日
程), 사찰(寺刹) 이름 등이었는데 내가 더 들여다보려 하자 그가 재빨
리 치우면서,

"별거 아니야. 뭘 그리 관심을 가지나…." 하며 싱긋 웃었다.

3년도 안 되는 짧은 기간 동안 세 번의 죽음을 치렀던 그의 상황에
맞지 않게 요즈음 그의 표정은 밝고 차분해 보였다. 1년간의 방랑 중
에 그가 많은 깨달음을 얻고, 성숙해 있음을 알 수 있었다. 어쩌면 그

의 이번 여행길은 세 죽음에 대한 속죄를 위한 여행일지도 모른다는 생각이 들었다.

나는 그의 속내를 알기 위해 얼마 전에 전국을 휩쓸었던 태풍 이야기 등으로 변죽을 울리며 한참 동안 시간을 보냈다. 다리 끝까지 차올랐던 황톳빛 세찬 물살에 통째로 휩쓸려 떠내려 가던 작은 초가집이며, 가축들과 세간살이 등….

그러나 그날 나는 끝내 그의 속내를 알 수 없었다. 내가 아무리 유도 질문을 해도 그는 빙긋이 웃으며,

"여름 지나면 우리 제주도나 보길도 같은 섬이라도 한 바퀴 돌다 오면 어떨까?"라던가,

"전어 철 지나가기 전에 어시장에 한번 다녀와야지."라고 동문서답을 하곤 했다.

그의 집에서 돌아온 나는, 저녁을 일찍 먹고 거실 한편에 자리를 펴고 누웠다.

선선한 가을바람이 불고 땅거미가 짙게 내려앉자, 태풍이 물러간 동쪽 하늘에 만월(滿月)을 앞둔 크고 노란 달이 떠올랐다. 밝고 둥근달은 반딧불이가 초록빛 형광 불빛을 내며 날아다니는 밤하늘 위에서 천천히 서쪽으로 움직였다.

바람에 살랑대며 흔들리는 창밖 나뭇가지들의 그림자가 달빛 가득한 거실 바닥에서 춤추고 있었다.

나는 달빛이 좋아서 거실 창 쪽으로 자리를 바짝 붙여 깔고, 창밖의 노란 달을 보며 친구가 주문(呪文)처럼 자주 읊조렸던 〈원왕생가(願往

生歌)〉의 가사를 기억해 내려고 애쓰다가 잠들었다.

달님이시어 이제
西方까지 가셔서
無量壽佛* 前에
일러다가 사뢰소서

다짐 깊으신 尊*을 우러러
두 손 모아서
願往生 願往生
그릴 사람 있다고 사뢰소서

아아, 이 몸 남겨 두고
四十八大願* 이루실까

　　그로부터 한 달이 지나기 전에 나는 그의 아내로부터 그가 또 집을
나섰다는 이야기를 들었다. 그러나 이번 그의 행동은 엄격한 의미에서
방랑은 아니었다. 목적지 없이 집을 나선 것이 아니라, 그의 아내에게
목적지를 대충 밝히고 집을 나섰다는 것이었다. 거기에 덧붙여서 가끔
전화를 할 테니 걱정 말라고 했다고도 한다. 그에게도 자신의 극히 이
기적이고도 충동적이었던 긴 방랑이 가족들에게 큰 염려를 갖게 했던
것에 대하여 일말의 미안함이 남아 있었음이 분명했다.

여름이 가고 가을이 깊어 가던 어느 금요일 오후, 그날 나는 텃밭에서 끝물인 방울토마토와 상추를 따고 있던 중에 고등학교 동창으로부터 전화 한 통을 받았다. 통화 내용은 친구들 근황 이야기였는데, 그중에 깜짝 놀랄 만한 소식이 하나 있었다.

경기도 S시의 P고교 교감으로 재직 중이던 친한 친구가 간암으로 며칠 전에 별세했다는 것이었다. 고교 동창 중에서 오랫동안 변함없이 친하게 지낸 친구는 그와 나, 그리고 별세한 그 친구까지 모두 셋이었다. 그러다가 한 친구가 멀리 경기도 S시로 전출(轉出)하면서 그와의 만남이 뜸해지게 된 것이다.

그러나 아무리 그렇다 해도 어째서 내가 그 소식을 몰랐을까. 의도적으로 연락을 끊고 지내자고 한 것은 아니었지만 결과적으로 내가 무심한 놈인 것처럼 되어서 무척 미안하고 슬픈 생각이 들었다.

그는 학창 시절 놀기를 좋아해서 주변엔 늘 악동(惡童)들이 들끓었다. 부모님이 외아들인 그를 가난을 무릅쓰고 힘들게 공부시켰다. 덕분에 깡패가 될 수도 있었던 그는 위기를 넘기고 교사가 되었고, 교감으로 승진하고, 곧 교장이 될 예정이었다. 자식이 둘인데 잘 키워서 둘다 사범대, 교대에 재학 중이라고 했다.

살림살이가 어려웠던 그 친구가 T시에 소재한 사범대학에 입학하면서 친구네는 고향을 떠나서 그쪽으로 이사했다.

그때가 겨울이었는데, 친구네가 이사한 허름한 길가 전셋집 창문이 귀가 맞지 않아서 겨울 먼지 바람에 스산하게 덜컹대던 소리가 아직도 귀에 생생하다.

옛날이야기

나는 친구의 별세 소식을 그에게 전해 주러 갔다가 그의 아내로부터 그가 부재 중임을 확인하였다.

　모처럼 쾌청한 금요일 오후라서 오래간만에 그의 얼굴도 볼 수 있다는 기대감을 안고 그의 집을 찾았으나, 그 기대감은 금방 서운함과 두 번째 방랑 길에 오른 것에 대한 놀라움으로 바뀌었다.

　"이런 사람이 있나. 친구에 대한 배려심이라곤 눈꼽만큼도 없는 정말 무심한 놈이네…."

　그러나 나는 금방 생각을 바꿔서 그에게 친구의 별세 소식을 전하는 게 우선이라고 판단했다.

　전화를 걸고 신호가 가는 소리가 몇 번 울리고 나서야 그가 전화를 받았다.

　내가 다짜고짜,

　"자네, 온다 간다 말 한마디 없이 마음대로 이래도 되는 건가?" 하고 큰소리로 나무라자 전화기 너머 그의 느릿느릿한 손놀림과 침착한 자세가 연상되는 차분한 목소리가 들려왔다.

　"그건 미안하게 되었네. 그런데 무슨 일인데 그렇게 화가 나 있나?"

　그의 너무나 침착한 대꾸에 맥이 풀린 나는 친구의 부음(訃音)을 전하고, 가능하면 늦은 조문이라도 함께 다녀오자고 제안하였다.

　그제서야 깜짝 놀란 그는 현재 자신은 S시에서 멀지 않은 H시에 있으며, 남은 일정 때문에 나중에 따로 조문하겠으니 미안하지만 혼자 다녀오라고 말했다. 그리고 조문을 마치고 귀가하는 길에 별일이 없으면 H시에 들러서 얼굴이라도 보고 가라고 말하고 전화를 끊었다.

다음 날 아침, 나는 일찍 서둘러서 차를 몰고 경기도 S시로 향했다. 토요일 오전이라 차가 밀리지 않은 덕분에 세 시간쯤 걸려서 S시에 도착할 수 있었다.

하루 전에 삼우제(三虞祭)까지 치룬 상가(喪家)에 들러서 친구의 가족들에게 때늦은 위로의 말을 건네자 유족들은 슬픔에 겨워 통곡을 하였다.

젊은 시절을 고향에서 혈육처럼 서로 친밀하게 지내던 사이여서 나를 보자 슬픔이 더욱 컸을 것이다.

나는 거실 한쪽에 차려진 상청(喪廳) 속 그의 영정(影幀) 앞에 잔을 올렸다.

그와 함께했던 지난 시절이 파노라마처럼 뇌리를 스쳐 갔다.

가족들의 흐느낌 소리에서, 그의 부재(不在)가 아프게 실감(實感)되었고, 가족들의 가장(家長)을 잃은 큰 슬픔을 공감할 수 있었다.

친구는 이루지 못한 꿈과 미련, 사랑하는 가족을 남겨 놓고 이승을 떠날 수밖에 없음을 안타까워하면서 세상과 하직하였을 것이다. 그가 이승에서 겪었던 고난과 역정(歷程)들이 한 편의 기록 영화처럼 내 기억 속을 번개처럼 빠르게 훑고 지나갔다.

나는 그의 죽음에 깊은 연민과 동정심을 느꼈다.

조문을 마친 나는 유가족들과 짧은 인사를 나누고 차로 한 시간 정도 걸리는 H시로 출발하였다.

그가 머무르고 있는 곳은 그의 장모와 처제의 유골이 안장된 봉안당(奉安堂) 가까운 곳에 있는 작은 사찰(寺刹)이었다.

옛날이야기

그는 닷새째 그 사찰에 머무르고 있는 중이었으며, 매일 서너 시간씩 명상(冥想)을 하며 깊은 상념(想念)에 잠기곤 했다.

그가 머물고 있는 사찰에 내가 도착했을 때, 그는 편안한 모습으로 중앙 아시아 여행 관련 서적을 읽고 있는 중이었다.

나를 보자,

"이런 곳에서 친구를 만나니까 더 반갑네." 하고 웃으며 반겼다.

조문 뒤의 비감한 감정이 아직 가슴에 남아 있던 나는,

"혼자 팔자 좋게 여행 잘 다니고 있구만. 참 부럽네." 하고 빈정대었지만 그는 아무렇지도 않은 듯 무시하고 말머리를 돌렸다.

"여보게, 힌두교나 불교의 가르침에 의하면 인간을 포함한 모든 생명체는 그 영혼이 불멸하며, 끝없는 윤회(輪廻, Samsara) 속에서 존재하는데, 전생의 업보(業報, Karma)에 따라 각각 다른 존재 형태로 계속 옮겨 간다지 않나. 그러니 너무 슬퍼하지 말게. 그 친구는 아마도 더 나은 존재로 내세(來世)에서 만날 수 있을 거야."

그가 태연한 표정으로 나를 위로하듯이 말했다.

"누구나 다 죽는다는 사실을 알면서도 죽음 앞에 의연(毅然)할 수 있는 사람은 없지. 특히 혈육이나 가까이 지내던 사람들의 경우는 더 슬프고 괴롭지."

그가 침중한 어조로 말했다.

"나도 가족들, 특히 어머니의 죽음은 견디기 힘들었어. 그 무엇도, 아무도 나에게 위로가 되지 못했으니까. 그저 어머니의 흔적을 더듬고, 기억해 내어서 어머니와 함께 있음을 느끼는 것만이 유일한 위로

였어. 그러나 그것은 더 큰 슬픔이었고, 스스로 끝없는 고통과 슬픔을 불러내는 어리석은 행동이었지." 잠시 말을 멈춘 그가 한숨을 크게 한 번 내쉬고는 다시 말을 이어 갔다.

"그러다가 신이 도대체 무엇이길래 사람들은 모두 한계에 부딪칠 때마다 신을 찾을까라는 의문을 갖게 되었어. 그때 문득 인간의 간절함이 신을 만들어 냈을 수도 있다는 생각이 들었지. 그래서 신을 가장 많이 섬기는 나라에 가 보면 답을 찾을 수 있겠다 싶었고, 그런 점에서 신이 가장 많은 종교인 힌두교가 국교인 인도와 네팔 같은 나라에 가 보면 답을 찾을 수 있겠다 싶었지."

잠시 말을 멈춘 그가 방바닥에 널려 있던 중앙아시아 여행 관련 안내 책들을 한쪽으로 치워 놓고는 다시 말을 이어 갔다.

내가 그가 치우던 책들 중에서『부탄 여행 가이드』라는 제목의 책을 뽑아 들고,

"여긴 언제쯤 가 볼 생각인가?" 하고 묻자 내 말엔 대답도 하지 않고 하던 말을 계속 이어 갔다.

"인도와 네팔은 인접해 있고, 전체 인구의 80퍼센트가 넘는 국민들이 힌두 교도들이고 나머지가 불교와 이슬람 교도들이라네. 불교의 뿌리도 따지고 보면 힌두교라 볼 수도 있지.

자네, 힌두교의 신(神)이 얼마나 많은지 모르지? 놀라지 말게. 3억 3천만이나 된다네. 물론 이 숫자는 신이 셀 수 없이 많다는 의미의 관용적 표현이지만 코끼리 신, 원숭이 신, 코브라 신, 나무의 신 등, 온갖 신들이 다 있지. 그러니까 힌두 교도들은 가장 자연스러운 종교 형태인

옛날이야기

범신론자(凡神論者)들이라고 할 수 있겠지."

내가 그의 말끝에,

"자네는 그 사람들 생각에 공감하나?" 하고 묻자 그는 즉답을 피하고 비감한 표정으로,

"죽고 사는 것이 꼭 인간 세상의 일만은 아닐지도 몰라. 하루가 저무는 일, 밤하늘의 유성(流星), 꽃이 피고 지는 일 등 삼라만상의 변모, 계절의 변화 이런 것들도 모두가 다른 양태의 죽음일 거야. 변화하는 일, 이것은 죽음의 딴 말이겠지. 그렇다면 죽음이란 얼마나 아름다운 것인가!"

그가 생각에 깊이 잠긴 얼굴로 스스로에게 다짐하듯 말하였다. 그리고는 결연하게,

"그러니까 우리 모두 죽음을 두려워하거나 슬퍼할 필요는 없겠지." 하고 덧붙였다.

그의 말을 듣고 나는 그가 인도와 네팔을 방랑했던 이유의 일단(一端)을 알 것 같았다.

간소한 저녁 식사를 사찰에서 끝내고 우리는 숲이 우거진 산책로를 함께 거닐며, 죽음의 필연성과 인생의 불확실성 등에 관한 이야기를 나누었다. 그는,

"누구나 다 필연적으로 죽음을 맞이할 수밖에 없기에 사람들은 허무주의에 빠질 위험이 크다네. 그것을 극복하려면 필연적으로 운명론자가 되어야 하고, 이들은 신비주의에 쉽게 빠지지." 하였다. 내가,

"자넨 언제부터 운명론자가 되었나? 인도 여행 후인가, 전인가? 아니

면 어머니 돌아가신 후인가?" 하는 물음에,

"언제부터인지 모르겠으나 머릿속에 내 미래의 상황이 눈앞에 보이듯이 뚜렷이 떠오를 때가 있어. 그때마다 나는 절대로 그것을 부정하거나 회피할 수가 없었지. 어길 수 없는 강박관념 같은 것이라고나 할까…. 얼마 전까지 나는 그것을 받아들여야 하는 운명으로 여겼지만, 지금은 아니라네. 얼마든지 노력에 의해서 바꿀 수 있다고 생각하네.

운명론자들은 확률의 높고 낮음에 연연하지 않는다네. 단지 자신의 선택에 대해서 지나치게 뚜렷한 확신을 가지고 있는 것이 특징이지." 하고 말했다.

그러나 나는 그가 자신의 말과 다르게 아직 운명론자에 가까운 사고방식에서 벗어나지 못했음을 직감했다.

그는 또 2년 전의 방랑에 대하여도 이야기를 하였는데, 특히 인도의 불가촉천민인 달리트와 네팔의 종교에 관한 이야기를 많이 했다.

그는 인도의 달리트 계층이 겪는 관습적, 세습적인 피학대 상황을 보고 종교의 발달이 인류의 윤리의식이나 도덕성과는 별로 상관관계가 없음을 느꼈고, 그 반대로 종교가 인간의 욕망을 부추기거나 욕망을 이루게 하는 충실한 도구로써 야만적 세상을 만드는 데 큰 역할을 하기도 한다는 것을 알았다고 했다.

그는 신의 뜻과 인간의 이성은 궁극적으로 가리키는 방향이 같아야 할 것이라고도 말했다.

또 네팔인들이 싯다르타가 네팔의 룸비니에서 태어난 것을 자랑으로 여기면서도 불교를 신봉하는 네팔 국민이 열 명 중에 한 명이 채 안

된다는 점이 이해가 안 된다고 했다.

이는 불교가 네팔 국민들과 그만큼 공감대를 이루지 못했다는 것을 의미하는 것이라고 말했다.

우리는 어두워져서 앞산 위에 손톱만 한 초승달이 떠오를 때까지 꽤 오랫동안 이야기를 나누다 들어왔다.

다음 날 일요일 새벽, 나는 일찌감치 H시를 출발하여 집으로 향했다. 그리고 그가 생각보다 평범한 여행을 하고 있음에 일단 안도했다. 나는 그가 인적 드문 산속이나 무인도 같은 곳에서 기행(奇行)을 하고 있는 모습을 볼 수도 있을 것이라고 내심 두려워했던 것이다. 그는 인생에 대한 진지하고도 끝없는 성찰을 하고 있는 듯 보였다.

그가 세 번째 여행을 떠나기 전에 전조적(前兆的)인 행동을 몇 가지 보였는데, 그의 어머니에 대한 지나치다 싶을 정도의 간절한 그리움도 그중의 하나였다.

누군가에 대한 그리움이라든지, 연민, 사랑 등의 감정을 불러내기 위해서는 당사자의 감정 상황과 관련한 기억과 그러한 감정을 촉발시키는 매개체가 반드시 있기 마련인데, 사진첩 같은 경우가 일반적일 것이다.

사람들은 좋은 기억을 되살리고, 잊지 않기 위해 사진을 찍어 앨범에 보관하는 것이다.

물론 그도 자주 그의 어머니 사진이 들어 있는 앨범을 들여다보며 그리움을 삭이곤 했다.

때로는 어머니에 대한 회상이 그를 슬픔에 젖게 하고 과거의 슬픈 기억들을 소환해서 그의 이성을 마비시키고 올바른 성찰을 가로막기도 한다고 했다.

그의 집 2층 작은 서재 책상 한쪽에는 어머니와 그가 함께 찍은 사진이 놓여 있었는데, 내가 그의 집을 찾았을 때마다 그는 자주 그 사진을 하염없이 들여다보면서 눈물을 글썽였었다.

그는 그 사진이 어머니의 팔순을 축하하기 위해 형제들이 어머니를 모시고 지리산 여행을 갔는데, 그때에 화엄사 근처 수풀가 계단에서 찍은 사진이라고 하였다.

사진 속의 그는, 어머니와 함께 짙푸른 녹음 속 돌계단 위에 앉아서 활짝 웃고 있었다.

그 사진을 볼 때마다 그는 가슴이 미어지는 듯한 회한과 슬픔으로 눈물을 흘린다고 하였다. 스스로 느끼기에 자신은 남보다 똑똑하지 못했고 성품이 효성스럽지도 못했다고 했다. 그래서 남들 앞에 내세울 만큼 자랑스러운 아들 노릇을 한 번도 못 해 보았다고 했다.

뿐만 아니라, 그의 어머니는 병원에서 암(癌)으로 돌아가셨는데, 그때에도 그는 고통으로 괴로워하시는 어머니를 돌아가실 때까지 그저 지켜볼 수밖에 없었다고 했다.

그의 어머니는 진통제로도 억누를 수 없는 극한의 고통이 시도 때도 없이 밀려와서 편안하게 눕지도 앉지도 못하셨지만, 돌아가시기 전까지 늘 자식들이 마음 아파할까 봐 괴로워하는 모습 대신, 일그러진 웃음이나마 자식들에게 보여 주기 위해 애쓰셨다고 했다.

옛날이야기

그의 어머니에 대한 추억의 절반은 그 여름 지리산에서의 환한 웃음보다 돌아가시기 전에 보여 주신 고통에 일그러진 웃음일 것 같아서 더욱 슬프다고 눈물지으며 말했다.

나는 그가 간절한 그리움을 삭이기 위해서 방랑의 길을 떠났을 것이라는 생각도 하였다.

H시에서 그를 만나고 헤어진 지 이틀 후 그에게서 전화가 왔다.

"여보게, 나 지금 강화로 가고 있는 중이네. S시에 들러서 조문을 하고 잠시 후면 강화와 김포를 잇는 초지대교에 도착할 거야."

그의 목소리는 조금 들떠 있는 듯 밝게 들렸다.

그와 통화를 끝낸 나는 예전에 그와 함께 강화도 화도면에 있는 마니산에 올랐던 기억과 함께 강화에는 그의 외가(外家)가 있었다는 생각도 언뜻 떠올랐다.

단군 왕검의 세 아들이 쌓았다는 전설을 간직한 삼랑성 내에 자리잡고 있는 전등사는 국내에서 가장 오래된 사찰인데, 고구려 소수림왕 11년(381)에 아도화상이 처음 창건하고 진종사(眞宗寺)라 이름 지었다고 한다. 그 후 고려 시대 때 충렬왕비였던 정화궁주(貞和宮主)*가 이 절에 귀한 옥등(玉燈)을 시주(施主)했다고 해서 전등사(傳燈寺)로 개명했다고 한다.

전등사 대웅전 네 귀퉁이 기둥 위에는 나녀상(裸女像)이 지붕 추녀의 하중을 받치고 있는데, 이에 관한 재미있는 설화를 그에게서 들었던 기억도 떠올랐다.

광해군 때 대웅전의 공사를 맡았던 도편수가 절 아랫마을에 사는 주모에게 돈과 집물(什物)을 맡겨 두었는데, 공사가 끝날 무렵 주모는 그 돈과 집물을 가지고 행방을 감추었단다. 이에 도편수는 울분을 참을 길이 없어 그 여자를 본뜬 형상을 나체로 조각해서 무거운 지붕 추녀를 받치고 있게 하였다. 그렇게 영겁의 세월 동안 불경(佛經) 소리를 듣고 개과천선하도록 하고, 악녀를 경고하는 본보기로 삼게 했다고 전한다.

일주일간 H시에 머물렀던 그가 강화의 또 다른 오래된 사찰 정수사(淨水寺) 아랫동네에 거처를 정했다고 했다.

산을 좋아했던 그는 정수사 부근에 거처를 정하고 며칠 머무르면서, 등산도 하고, 전등사, 정수사, 보문사(普門寺) 등 사찰도 둘러보겠다고 했다. 정수사에서 시작되는 마니산 등산로는 여러 등산로 중에서 가장 짧긴 해도 매우 가파르다고 했다.

숙소를 정하고 나서 그가 전화로,

"여기 정수사 가까운 동네에서 며칠 있다가 내려갈 생각이야. 외가쪽 어른들도 만나 뵙고, 어머니 놓아드린 곳에도 다녀오려고 하네." 하고 밝은 목소리로 말했다.

"나한테 시간이 있었으면 같이 가도 좋을 뻔했는데…. 다음에 기회가 있겠지. 여하튼 잘 다녀오게."

내가 짧게 답하고 통화를 끝냈다.

그 이후, 사흘간 그는 전화로 자신의 일과를 소상히 전해 주었다.

강화에서 가장 먼저 그가 한 일은 외가를 찾아서 둘러보고 인사를

옛날이야기

하는 일이었다. 그는 먼 친척들 중 몇몇 밖에는 기억이 나지 않았지만, 그가 어머니 이야기를 하자 그들은 감개무량한 듯,

"그래, 자세히 보니 어머니를 많이 닮았네. 옛적 명절 때는 자네 부모님들이 자주 다녀가곤 하셨지."라고 말했다.

그들의 말에 얼핏 그때의 기억이 떠올랐다.

그때가 추석이었는데 어린 그는 고향에서 강화까지의 긴 여정에도 전혀 힘들어 하거나 불평을 하지 않았다고 했다. 바다 풍경도 좋았고, 외조부께서 특히 그를 귀여워하셨던 기억이 아직도 생생하다고 했다.

그는 외가 다녀오는 길에 외포리에서 배를 타고 석모도 보문사(普門寺)를 먼저 다녀왔다. 양양 낙산사, 남해 보리암과 함께 강화 삼산면 석모도의 보문사는 우리나라 3대 해수관음성지로 석양 무렵의 풍경이 일품이라고 했다.

그는 419개의 계단을 올라서 눈썹바위 아래 절벽에 새겨진 마애불상을 보고, 내려가는 길에 용왕단에서 일몰 풍경도 보기로 작정했다.

마애불상 앞에 꿇어 앉아서 소원을 비는 사람들을 보며, 그는 자신도 간절하게 원하는 것이 있었으면 좋겠다 싶었다. 그러나 아무리 생각해 보아도 자신에겐 간절한 소원이란 것은 이미 없어졌음을 자각했다.

문득 서해의 낙조를 보며 그는 갑자기 소원 삼아 석양에 붉게 물든 바다에 뛰어들고 싶다는 충동(衝動)을 느꼈다. 그러나 그는 금방 이런 충동적인 소망은 실현될 수도 없고 이성적인 것도 아니라고 생각했다. 그는 세차게 고개를 흔들어 충동을 떨쳐 내었다. 이런 충동적 집착이 스스로를 비극적 허무주의자나 비극적 운명주의자로 만든다고 생각

했다. 그는,

"사람의 인연이나 운명은 이미 정해져 있다고 많은 사람들은 믿고 있지. 중국의 월하노인(月下老人)과 청실홍실 이야기가 그렇고, 서양에서는 올림포스의 신들조차 신탁(神託)이나 정해진 운명은 어찌할 수 없는 것으로 여겼지. 이러한 신화 속의 이야기들은 운명론을 뒷받침하는 것처럼 보인다.

기독교의 여호와는 모든 것을 아는 전지전능한 존재라고 신자들은 믿고 있다. 모든 것을 안다면 미래의 모든 사건들 또한 알 것이며, 미래를 통찰한다는 것은 그것이 진실임을 전제로 하는 것이다.

그런데 만약 미래의 사건이 미리 정해져 있지 않다면, 미래 사건에 관한 예언이나 진실도 성립할 수 없을 것이다. 따라서 기독교 신학에서 신의 존재는 어떤 측면에서는 운명론까지 함축하는 것으로 볼 수도 있을 것이다."라고 확신에 차서 말했다.

그는 나와 장시간 통화하면서 노을 진 바닷속으로 뛰어들고 싶었던 충동과 보문사 갓바위 아래 난간을 뛰어넘고 싶었던 충동에 대해서도 한참 동안 이야기했다.

나는 그에게,

"자넨 지금 허무주의(虛無主義)에 빠져 있거나 아니면 신(神)이 되고 싶었나 본데, 절대 신이 될 수는 없지. 그냥 평범한 인간일 뿐이야. 그러니까 엉뚱한 생각일랑 제발 하지 말고 가족들 생각 좀 하게. 자네 목숨이 자네 혼자만의 것이 아닌 것을 명심하게." 하고 달래듯이 내가 말했다.

옛날이야기

다음 날 아침 일찍 그에게서 전화가 왔다. 마니산(摩尼山)에 오르기 위해 함허동천에 와 있다는 것이다.

함허동천 오른쪽 제4야영장을 옆에 끼고 능선로와 칠선교, 바위 능선 길을 지나서 마니산 정상의 참성단(塹星壇)에 오르는 길인데 왕복 4시간쯤이 소요된다고 하였다. 내가,

"오늘은 제발 어제처럼 엉뚱한 충동에 빠지지 않기를 바라네."라고 하자 그는 웃으며,

"그 정도 충동쯤은 누구라도 일상적으로 가지고 있겠지. 걱정하지 말게. 하산하면 다시 통화하세." 짧게 답하고 전화를 끊었다.

그는 전망대를 지나서 칠선교까지 속도를 내어 오르다가 경사가 가파르고 미끄러운 바위 능선 길에 들어서자 속도를 늦추었다.

석모도가 떠 있는 잔잔한 서해 바다는 은빛으로 눈부시게 반짝이고 있었다. 아름다운 자연 풍광을 보면서 그는 가슴에 차 있던 슬픔과 답답함이 사그라드는 듯한 느낌이 들었다.

정상에 가까워지면서 참성단이 보였다.

돌을 쌓아 기단은 둥글고, 상단은 네모지게 만들었으며, 단군왕검이 하늘에 제사를 지낸 곳으로 알려진 참성단을 보며 잠시 휴식을 취한 그는 다시 발길을 돌려 하산하기 시작했다.

하산 길에 그는 어머니 놓아드린 마니산 중턱에 들러서 한참 동안을 머물렀다.

N시(市)에 있는 그의 가족 산소에는 그의 선친과 5대조 할아버지부터 조부, 큰아버지, 사촌 형 산소까지 있어서 벌초 때만 되면 그의 어

머니는 예초기와 낫질에 서툰 그를 늘 안쓰러워하셨다. 그래서 어머니는 그의 수고를 덜어 주기 위해서 유언 삼아,

"절대로 아버지와 합장하지는 말아라. 나중에 아버지도 화장해서 마니산 중턱쯤의 전망 좋은 곳에 뿌려 다오. 그러면 그 양반하고 같이 가고 싶은 곳으로 실컷 다닐 수 있을 거야."라고 말씀하셨던 것이다.

그는 어머니의 유언대로 가족 산소에 모신 아버지와 합장(合葬)하지 않고 마니산 중턱에 놓아드렸다. 자신의 이런 결정에 대하여 그는 자주 눈물을 글썽이며 한탄 섞인 후회의 심정을 나에게 털어놓곤 했다. 성묘할 산소가 없으므로 한식 날이나 추석이 오면 돌아가신 어머니를 느낄 수 있는 곳이 아무 곳에도 없었기 때문이었다.

보온병에 담아 온 커피를 어머니께 올리기 위해 종이컵에 따르는 그의 두 손은 평소와 다르게 심하게 떨렸다. 두 손을 모은 채 그는 무엇인지 간절하게 이야기를 하는 듯했다.

아마도 그는 세 번째 방랑 계획을 어머니께 고백하고 허락을 구했을 것이다.

그가 나에게 전화한 것은 능선 길 초입의 전망대 누각에서였다.

"이제 거의 다 내려왔어. 여긴 야영장 위의 전망대 누각이야."

그의 목소리는 세 시간의 등산 끝에 조금 지친 듯이 들렸다. 내가,

"마니산 기운을 많이 받아서 마음이 좀 편해졌나?" 하는 물음에,

"강화에는 오래된 사찰이 많아서 이것저것 많이 보고 배웠네."라고 힘없이 말했다.

이어서 그는 자신의 주장을 장황하게 설파했다.

그 내용인즉 철학가 니체에 의하면, 불교는 대체로 속세의 인생을 허무하게 여기는 종교이기는 하지만 그리스도교와는 구별되며 오히려 그리스도교보다 높이 평가할 만한 점들을 갖고 있다고 했다. 그 이유로서 불교는,

첫째, 그리스도교가 전제(前提)하는 신(神)의 개념이 없다. 그런 점에서 그리스도교와는 달리 실증적 종교다.

둘째, 계율에 정해진 '죄(罪)'를 짓지 않으려는 노력과 투쟁을 말하기보다는 현실에서 겪게 되는 고통으로부터 벗어나기 위한 노력과 투쟁을 추구한다.

셋째, 불교는 다른 종교처럼 도덕적 정언(定言) 명령*을 의무로 삼기보다는 탐욕이나 복수 감정, 혐오 감정, 또는 원한 감정에 대한 경계를 권고한다.

넷째, 이런 권고는 철저한 개인적 이기주의를 전제(前提)한다. 즉 자신이 처한 고통으로부터 벗어나서 심신의 평정(平靜)함을 추구하고 무욕(無慾)과 정신적 명랑(明朗)을 최고의 목표로 삼는다. 따라서 불교는 완전성을 열망하여 완전성에의 도달을 목표로 삼는 그리스도교와는 다르다.

또한 불교는 그리스도교가 죽음 이후의 초월 세계에서의 행복을 약속하는 반면에, 이 세상에서의 행복을 가능하게 하는 사실적이고 현실적인 방법을 찾는다. 그래서 종교학자들은 불교는 약속하지 않지만 지키며, 그리스도교는 모든 것을 약속하지만 아무것도 지키지 않는다고 했다는 니체의 말에 대체로 공감한다고 그는 말했다.

하산(下山)을 마친 그는 다음 날 일찍 서둘러서 귀갓길에 올랐다.

열흘 동안의 여행을 마치고 집에 도착한 그는 평소와 다름없는 표정으로 아무 일도 없었던 듯 일상으로 복귀했다. 이로써 그의 두 번째 방랑은 열흘 만에 끝났다.

그의 아내도 손주들 돌봐 주느라 아들네 집에서 지내는 날이 많은지라 무심히 그를 맞이했다.

그렇게 평화로운 나날이 흘러가고 있던 어느 날, 그날은 하늘도 파랗게 높고, 마당 한편의 국화꽃들이 활짝 피어서 늦가을 정취가 물씬 풍기는 날이었다.

내가 그의 집 대문을 열고 들어서자 그의 서재에서 쇼스타코비치의 왈츠 2번이 들려왔다. 우수에 젖은 선율, 고급스럽지 않은 유랑 서커스나 곡마단에서 잘 어울릴 듯한 곡이 내 감성을 자극하고, 불현듯 익숙하게 나의 어린 시절 추억을 불러내었다. 만가(輓歌)와 흡사한 슬픈 느낌이었다.

붉은 황톳길 너머 산 구비를 돌아 아스라히 사라지던 꽃상여와 상두꾼들의 만가, 그 타령 소리를 떠올리게 했다. 두 곡 사이에 연관성이 전혀 없는데도 그랬다. 만가는 전통 타령조인데, 어째서 그런 느낌이 들었을까…. 혹시 쇼스타코비치의 곡이 왈츠라는 쾌활하고 활동적인 곡 형식과는 반대로 러시아의 풍토적 특성인 우수의 감정을 담고 있어서가 아닐까 싶기도 했다.

"차 한잔하고, 왈츠 곡이나 마저 듣고 나가세." 하는 나의 말에 그는 빙긋이 웃으며,

"유랑 악극단 느낌에 애상적인 느낌도 좀 드는 곡이지. 고급스런 느낌은 없는 곡이야." 하고 그가 말했다. 나는 그의 말과 그가 좋아하는 이 음악이 문득 유랑을 즐기는 그의 미래를 암시하는 듯 해서 어쩐지 섬뜩한 생각이 들었다.

그와 함께 방파제에서 바라본 동네 앞바다 쪽으로 펼쳐진 풍경은 잔잔하고 푸른 바다를 배경으로, 한 폭의 잘 그려진 풍경화처럼 평화롭고 아름다웠다. 붉은 칸나꽃과 샐비어(salvia)꽃들이 길 따라 활짝 피어 있는 그 길 끝에 작은 조선소가 있고, 맞은편 바다를 향해서 방파제가 길게 뻗어 있었다. 방파제 안쪽으로는 조업을 마친 크고 작은 어선들이 줄지어 쉬고 있었다.

사람들은 방파제에 나와서 낚시도 하고 바다 끝 수평선 위로 흰 구름이 피어 오르는 풍경을 바라보기도 하였다.

"방랑벽이 있는 사람들에게 바다는 견디기 힘든 유혹이지. 방랑은 인간의 본능적 욕구 아닌가?

바다는 가고 싶은 모든 곳을 향해 활짝 열린 탈출구쯤 되겠지…."

의도 섞인 나의 말에 그는 싱긋 웃으며,

"그 반대로 바다야말로 귀향을 재촉하고 늘 고향을 떠올리게 하는 노스텔지어(nostalgia)의 표상(表象)이지." 하고 말했다.

"그런데 어째서 자네는 늘 떠돌이 생활을 동경하고 있나? 자네는 식구들 오랫동안 못 봐도 별 상관없지?"

내가 날을 세우고 묻자 그는 굳은 표정으로,

"언제나 순종적이고 온화한 마음씨 고운 아내, 착하고 듬직하게 성장한 자식들, 영리하고 귀여운 손주들, 언제나 변함없는 친구들의 우정, 내 소중한 보물 같은 추억들…. 이런 것들 모두가 내가 살면서 추구해 온 지고지상(至高至上)의 삶의 이유들인데, 이런 것들을 어떻게 내가 버릴 수 있겠나!" 정색을 하고 말했다.

내가 그의 말끝에,

"그렇군. 다행이야. 나는 자네가 운명론자이거나 허무주의자일지도 모른다고 의심하고 있었는데, 최소한 허무주의자는 아니군."라고 말하자 그는 어이없다는 듯 헛웃음을 지으며,

"내 사고방식이 불교의 가르침에 가까운 듯 보여서 그렇게 생각하나 본데, 불교에서도 삶을 부정한다거나 방탕하게 살아도 된다고 말하지는 않지.

불교의 핵심 원리인 '무상(無常)'이란 모든 것은 영원하지 않고 항상 변화한다는 의미로서, 일어났다가 사라지지만 이는 새로운 시작이고, 더 발전적인 현상으로 나아간다고 보는 거지. 무상과 허무주의는 전혀 다른 개념이니까 걱정하지 말게."라고 단호하게 말했다.

"그러면 혹시 자네는 인간을 포함한 모든 것을 지배하는 초인간적인 힘에 의하여 우리 인간의 생사(生死)라든가 미래가 이미 정해져 있다고 보나?" 하는 나의 질문에 그는 나를 한참 빤히 쳐다보다가,

"결과론적으로 보면 우리 인생살이가 원래 다 그렇지 않던가…." 하고는 입을 굳게 다물어 버렸다.

그와 나는 방파제 끝까지 가서 한참 동안 말없이 수평선과 맞닿은 가을 하늘을 바라보았다.

옛날이야기

돌아오는 길에 그에게,

"우리 집에 들러서 차라도 한잔하고 가세."라고 그를 붙들었으나 그는,

"할 일이 좀 있네."라고 짧게 대답하고는 그대로 그의 집으로 향했다. 나는 마음속으로,

'이유를 모르겠지만 이 친구가 확실히 달라졌어⋯.' 하고 생각했다.

생각해 보면 그가 우리 집을 마지막으로 방문한 것은 첫 번째 방랑을 떠나기 직전으로, 그 이후 거의 2년 동안 우리 집을 찾은 적이 없었다. 그의 장모가 세상을 떠난 후부터 그는 일절 남의 집에 찾아가는 일이 없었다.

나는 방파제에서 그와 나눈 대화에서 그 이유의 일단이나마 찾아보려고 했다.

3년이 채 안 되는 짧은 시간 사이에 가장 아끼는 가족 셋을 잃은 그는 운명론자가 될 수밖에 없었고, 이로 인해 자신의 미래에 닥칠 불운에 대해 병적인 확신을 가지고 있는 듯했다. 그는 자신에게 드리워진 불운의 기운이 가까운 사람들에게 작용할 수도 있다는 불안감에 사로잡혀 있었을 것이다. 아마도 그것이 그를 두문불출하게 만들었을 것이라고 나는 생각했다.

그해 가을이 지나가고 한겨울 추위가 맹위를 떨칠 때인데, 그의 아내에게서 전화가 왔다. 그가 심한 독감에 걸렸는데도 병원에 가지 않겠다고 버티고 있다는 것이었다. 깜짝 놀란 내가 가벼운 감기라서 병원에 안 가도 된다는 그를 억지로 데리고 가서 겨우 링거를 맞히고 약을 지어 왔다.

그를 자리에 눕히고, 약 기운에 금방 잠이 든 것을 확인하고 그의 집을 나설 때, 그의 아내가 그에 관한 이야기를 눈물을 글썽이며 풀어놓았다.

그가 마음을 붙이지 못해서 또 기약 없는 여행길에 나설 것 같아서 불안하다는 것이었다.

그의 아내의 이야기에 의하면, 그가 매사에 의욕을 잃고 늘어져 있다가 청량(淸凉)한 어느 가을날 느닷없이,

"혹시라도 나 먼저 가거든 화장해서 어디든 흩어 주오. 당신 좋아하는 등산로 옆, 숲속도 괜찮고, 방파제 근처 앞바다도 괜찮지." 하고 그가 아내에게 말을 툭 던졌다는 것이다.

그의 아내는 별 쓸데없는 소리를 다 한다며 낯빛이 하얘지며 눈을 흘겼다고 했다.

그랬더니, 누구나 잠시 살다 가는 것이 인생인데 받아들여야 한다고 눈물 글썽이는 아내를 오히려 타일렀다고 했다. 그래서 아내는 참 생각 없는 사람이라고 그를 나무라며 혼자 우두커니 서서 낙엽 흩날리는 창밖을 내다보며 밤늦게까지 잠을 못 이룬 적이 있었다고 했다.

그리고 또 한번은, 눈보라가 거실 유리창을 사납게 후려치던 추운 저녁이었는데,

"이런 겨울을 당신과 함께 몇 번이나 더 볼 수 있을까…." 하고 혼잣말로 탄식을 했다 한다.

아내가 그 소리에 너무 속이 상해서 큰소리로,

"제발 쓸데없는 소리 좀 하지 말아요!"라고 울먹이며 소리친 적도 있

었다고 했다.

　그제서야 정신이 돌아온 듯, 그가 아내의 손을 잡고,

　"미안해. 여보. 내가 요즘 마음이 약해졌나 봐. 크게 신경 쓰지 말아요." 하고 그가 달랬다는 것이다.

　내가 그의 아내에게,

　"어른들 돌아가시고 아직 그 슬픔이 남아 있어서 그런가 봅니다. 너무 마음속에 담아 두지 마세요." 하고 위로 삼아 말했다.

　그의 아내는 묵묵히 나를 배웅하고 힘없이 발걸음을 돌렸다.

　겨울이 다 가도록 그는 아무 일 없이 잘 지내고 있는 듯했다.

　해가 바뀌고 봄이 와서 마당에는 잔디도 파랗게 살아나고, 산딸나무, 단풍나무, 이팝나무, 불두화 나무들도 물이 올라서 연두색 새순들이 다투어 나오기 시작했다.

　그렇게 봄이 와서 산색이 초록으로 짙어 가는 어느 날 그의 아내로부터 전화가 왔다.

　"이 사람이 또 여행을 가겠다고 하네요. 아무리 말려도 막무가내로 고집을 부려서 말이 안 통해요." 하고 울먹이듯 말했다.

　나는 그가 중대한 결정을 하였음을 직감했다. 나는 즉시 그에게 전화를 했다.

　"또 여행길에 나서겠다고? 전문 여행가도 아닌데 뭘 그렇게 자주 여행을 다니나….

　나하고 섬 여행이라도 한번 다녀오세." 하는 내 말에 그는,

　"그러지 않아도 자네 만나서 이야기하려고 했었네. 내일 만나서 얘

기하세." 하고 대수롭지 않게 말했다.

다음 날, 아침 식사를 마치고 그를 보려고 집을 나서려던 차에 그가 먼저 우리 집 마당에 들어섰다.

내가 반갑게 그를 이끌어 거실 창 옆의 소파에 앉히고 그의 표정부터 먼저 살폈다. 그의 표정은 가까운 동네 산책이라도 떠나려는 사람처럼 평온하게 보였다.

"언제, 어디로 갈 계획인가?" 하고 내가 단도직입적으로 묻자,

"다음 주에 출발하네. 일단 네팔까지 가서 전에 맡겼던 짐을 찾은 다음, 부탄으로 가네." 하고 말했다.

내가 이번 여행의 목적이 무엇이냐고 묻자 그는,

"티베트와 네팔, 부탄 그리고 몽골 등지를 포함한 히말라야 산맥과 인접한 지역을 둘러보고 싶어.

그들이 어떤 이유로 궁핍한 상황에서도 만족한 삶을 살 수 있는지 알고 싶어.

아마 그들이 믿고 의지하는 종교와도 관련성이 있을 듯해. 그래서 부탄에도 다녀올 생각이네." 하고 태연히 말하였다.

내가,

"티베트라면 지금은 중국의 무력에 의해 강제 병합된 자치구인데 티베트 고원에 자리한, 옛날 우리가 서역(西域), 서장(西藏), 토번(吐蕃) 국이라고 불렀고, 중국의 강압에 반대하여 불교 지도자 달라이 라마가 망명 지도자로 저항을 하고 있어서 세계의 주목을 받고 있는 나라 아닌가?" 하고 묻자 그가,

"맞아. 그리고 네팔 옆에 위치한 인구 70만의 부탄이라는 작은 나라도 중심 종족이 티베트 사람이야."라고 말했다.

그의 설명에 의하면 불교에 기반한 통치를 위해 과거에 티베트의 국왕이 직접 인도에서부터 후기 대승불교를 도입했기 때문에 티베트 불교는 인도 불교의 직계로 여겨진다고 했다.

그리고 티베트의 불교 도입 과정에서 산스크리트어의 경전을 올바르게 번역할 수 있도록 티베트 문자가 새로 만들어졌는데, 이 때문에 티베트어 경전은 멸실된 산스크리트어 경전 연구에 있어서 중요한 위치를 차지할 정도로 불교의 순수 혈통이 그대로 남아 있다고 설명했다.

또한 티베트 불교는 밀교의 한 형태이다. 밀교(密敎)*란 '비밀의 가르침'이란 의미를 내포하고 있는데, '겉으로 드러난 가르침'이라는 뜻을 가지는 현교(顯敎)*와 대비된다. 현교가 언어 문자상으로 기본적인 소승불교(小乘佛敎)*, 대승불교*의 경전과 가르침들을 전달한다면, 티베트 불교와 같은 밀교는 7세기경 인도 지역에서 작성된 불교 탄트라(힌두교 및 불교의 경전이나 그 수행법)에서 따왔다고 볼 수 있기에 훨씬 더 비밀스러운 분위기를 띠고 있다고 했다. 그래서 나는 이러한 점들이 그의 관심을 끌었을 거라는 생각이 들었다.

그가 출국했다는 소식을 들었다. 그는 출국 전에 가족들에게 아무도 공항에 배웅 나오지 않도록 당부했다고 하였다. 특히 그의 아내에게도 이웃 동네 마실 가듯이 가볍게 다녀오겠으니 자식들에게도 그렇게 전하라고 하였다.

그러나 그의 아내가 두 아들에게 연락을 해서 출국 전날 온 식구들이 다 모였다고 했다.

나는 그의 아내의 심정을 이해할 수 있었다. 눈에 넣어도 아프지 않을 손주들과 아들, 며느리들을 보면 그가 여행 일정을 줄이고 귀국 일자를 조금이라도 더 빨리 앞당길 수 있으리라고 생각했을 것이다.

그가 떠난 지 얼마 안 되어서 그로부터 편지 한 통을 받았다.

친구에게

일주일 전에 인도의 델리를 경유하여 부탄의 수도, 인구 십만의 팀푸에 잘 도착했네.

팀푸는 히말라야 산자락 밑의 고원 지대에 자리잡고 있는데, 높이가 해발 2,300미터란다.

고향과 가족을 두고 떠나올 때, 나는 이를 악물고 다짐했다네.

무기력하게 슬픔에 빠져 있거나, 순간의 안락에 빠져 무의미하게 내 소중한 인생을 낭비하지 않겠다고.

나는 반드시 슬픔을 극복하고, 소중한 삶의 의미를 찾아서 돌아갈 것이다. 그리고 이 일이야말로 이미 정해진 내 필생의 운명이라고 믿고 있네.

부탄 사람들은 순수하고 행복해 보인다. 그들은 어렵고 부족한 여건에서도 불평하거나 좌절하지 않고 행복을 느낄 줄 아네. 그들은 모든 것을 숙명으로 받아들일 줄 알고 있는 듯해.

여기 와서 느끼는 점은 살기 좋은 고향에서 나는 참으로 행복한 인생을 살아왔다는 것이네.

사랑하는 가족들과 좋은 친구들과 풍족하게 살고 있으니, 이보다 더 행복할 수는 없다는 생각이 드네.

그래서 여기에 온 여행 목적이 어떻게 사는 것이 행복하고 참다운 삶인가였는데, 그렇다면 나는 벌써 목적의 반을 이루었다는 생각이 들 정도야.

눈을 감고 생각에 잠길 때마다, 벌써 아내와 아들과 손주들과 친구들이 눈물 나게 그립네.

내가 떠나올 때 울먹이던 상심(傷心)한 아내의 얼굴과, 너무나 무책임하고 이기적인 아버지의 행동을 보고도 응원을 보내 주던 우리 아들들, 멋모르고 울먹이던 손주들을 생각할 때마다 죄스럽다는 생각과 함께 나는 진정으로 행복한 사람임을 확인했네.

그러나 나는 항상 죽음과 인간의 숙명에 대해서 답을 구하고 있기에, 내가 현재 누리고 있는 찰나적(刹那的) 행복은 생각하지 않기로 했네.

나는 생각하고 또 생각할 것이다.

전심전력을 다해서 수행할 것이다.

그리하여 죽음마저도 행복하게 맞이할 수 있도록 궁극적인 삶의 원리를 찾아낼 것이다.

그때까지 나를 믿고 진심으로 응원해 주기를 바란다.

- 팀푸에서 친구가 -

부탄의 수도 팀푸에서 한 달쯤 머물렀던 그는 거처를 부탄의 옛 수도였던 푸나카로 옮기기로 하였다.

밀교(密敎)를 수행하기 위해서는 반드시 자격을 갖춘 법맥(法脈) 스승으로부터 관정(灌頂)*과 구전(口傳), 구결(口訣)*을 받아야 한다. 관정은 스승과 제자 사이에 법을 전해주고 전해 받는 밀교의 독특한 의식이다. 이 의식을 통하여 밀교에 입문하려는 사람은 스승으로부터 밀교를 수행할 수 있는 자격을 부여받게 된다.

또한 스승의 구전(口傳)을 통해 수행법을 전수받으며 수행법에 대한 구체적인 가르침인 구결 역시 전해 듣는다.

밀교 수행의 성취를 위해서는 특히 현교(顯敎)보다 더욱 큰 스승에 대한 믿음과 헌신을 가져야 한다. 그래서 그는 가르침을 받기 위해 스승이 있는 곳으로 거처를 옮긴 것이다.

그는 푸나카까지 한나절이나 걸려서 도착할 수 있었다.

푸나카는 팀푸에서 약 70km 떨어진 곳에 있다고 했다. 팀푸보다는 낮은 해발 1,200미터 지대에 자리 잡고 있는데 길이 좋아서 빨리 갈 수 있다고 했다.

그는 푸나카까지 아슬아슬한 협곡을 끼고 비포장길을 한나절이나 곡예하듯 달려서 도착할 수 있었다.

부탄의 운전기사는 불교 신자지만 길을 떠날 때는 반드시 힌두교의 시바신에게 무사 운행을 빈다고 했다. 길이 워낙 비포장의 험한 길이라서 산사태로 길이 막히거나 까마득한 협곡 아래로 추락하는 사고가 많이 발생하기에 아마도 무사고 운행을 간절히 바라는 마음의 발로일 것이다. 그런데도 부탄 사람들이 버스를 태연하게 이용하는 것을 보고 그는 매우 놀랐다고 했다. 그는 이런 것들이 부탄 사람들의 종교와 믿음 때문일 것이라 생각했다.

그는 푸나카에서 경륜 있는 수행자를 만나서 그와 같이 숙식과 수행을 같이하며 도움을 받기로 하였다. 또 그의 초청으로 부탄을 방문한 것으로 하고 체류 일정도 6개월 정도로 짧게 잡았다. 부탄 정부에서 외국인의 자유 여행을 제한하고 있는데다가 하루 체류비를 200불 이상 징수하기 때문이었다.

부탄은 인도와 같이 영국의 영향권 아래에 있던 국가여서 영어를 공용어로 사용한다. 그래서 그의 짧은 영어로도 소통이 가능했다.

그가 들은 바에 의하면, 수행자들을 모두 하사도(下士道), 중사도(中士道), 상사도(上士道)의 세 단계로 나누어 수련하게 한다.

첫 단계인 하사도에서는 윤회(輪廻)의 세계 속에서 향상(向上)하는 것, 즉 내생에 인간계나 하늘나라와 같이 좋은 세상에 태어나는 것을 목표로 삼는다. 윤회는 인간이 죽어도 그 업(業)에 따라 육도(六道)의 세상에서 생사를 거듭한다는 불교 교리이며 힌두교 교리이기도 하다.

생명이 있는 것은 여섯 가지의 세상에 번갈아 태어나고 죽어 간다는 것으로 이를 육도윤회(六道輪廻)라고 한다.

육도 중 첫째는 지옥도(地獄道)로서 가장 고통이 심한 세상이다. 지옥에 태어난 이들은 심한 육체적 고통을 받는다.

둘째는 아귀도(餓鬼道)이다. 지옥보다는 육체적인 고통을 덜 받으나 반면에 굶주림의 고통을 심하게 받는다.

셋째는 축생도(畜生道)로서, 네 발 달린 짐승을 비롯하여 새, 물고기, 벌레, 뱀까지도 모두 포함된다.

넷째는 아수라도(阿修羅道)이다. 노여움이 가득 찬 세상으로서, 남의 잘못을 철저하게 따지고 들추고 규탄하는 사람은 이 세계에 태어나게 된다.

다섯째는 인간이 사는 인도(人道)이고,

여섯째는 행복이 두루 갖추어진 하늘 세계의 천도(天道)이다.

곧 인간은 현세에서 저지른 업에 따라 죽은 뒤에 다시 여섯 세계 중의 한 곳에서 내세를 누리며, 다시 그 내세에 사는 동안 저지른 업에 따라 내내세에 태어나는 윤회를 계속하는 것이다.

윤회는 열반(涅槃)*과 극락왕생을 통해서만 멈추어진다. 윤회설은 사람들의 현세 삶에 지대한 영향을 미쳤다.

두 번째 단계인 중사도에서는 윤회의 고통을 절감하고서 해탈(解脫), 열반을 추구한다.

세 번째 단계인 상사도에서는 불교 수행이 무르익어서 해탈과 열반이 멀지 않은 수행자가 보리심(菩提心: 불도의 깨달음)을 얻고 그 깨달음으로써 널리 중생을 교화하려는 마음, 위로는 보리를 구하고 아래로는 중생을 교화하려는(上求菩提 下化衆生) 마음을 발하여 열반을 유예(猶豫)하고서 윤회 속에 머물면서 성불(成佛)의 그날까지 중생의 삶을 살아가는 것이다.

그는 중사도의 단계부터 수련에 들기로 했다. 경륜 있는 법맥 스승을 통해 경전보다 명상을 통해서 가르침을 이해하려고 노력했다.

옛날이야기

그가 수련을 시작하고부터 그로부터의 연락은 뜸해졌다.

나도 그를 방해하지 않기 위해서 군이 내가 먼저 통화를 요청한다든가 편지를 보내는 일은 하지 않기로 했다. 그저 무소식이 희소식이라 믿고 있기로 했다.

계절이 바뀌고 가을이 깊어 갈 무렵에 그의 아내가 우리 집을 방문하였다.

내가 먼저 그의 아내의 안색을 살펴보았으나 평온한 기색이기에 일단 안심이 되었다. 그의 아내의 표정으로 그의 상태를 짐작할 수 있었기 때문이었다.

그는 현재 법맥 스승의 허락을 얻고 밀교적 수련은 중단한 상태라고 했다. 그의 스승이 경전이나 구전, 구결보다 이제는 방랑 같은 직접 체험을 통해서 번뇌나 집착으로부터 벗어나서 궁극적인 해탈의 경지에 도달해 보라고 권했다는 것이다. 그래서 그는 부탄의 남성 전통 의상인 '고(gho)'를 벗고, 간편복으로 갈아입은 채 부탄 곳곳을 둘러보고 있다고 했다.

그의 첫 번째 여행이 인도와 네팔을 방랑했던 것처럼 지금은 부탄을 방랑 중이라는 것이다.

부탄 방랑 중에 그는 몇 차례 위기를 겪기도 했고, 그런 체험을 통해서 조금 더 성숙해질 수 있었다고 했는데, 첫 번째로 겪은 사고는 남부 부탄에 위치한 파로의 탁상 사원에서였다고 한다. 탁상 사원은 수많은 조상(彫像), 회화, 유물들을 소장하고 있는데 그중에서도 가장 성스러운 장소는 파드마삼바바라는 고승이 명상을 했다는 동굴이었다.

동굴을 둘러보던 그는 그곳 꽤 높은 곳에서 실족을 해서 돌바닥으로 떨어졌는데, 놀라서 달려온 주변 사람들의 염려에도 불구하고 아무 일도 없었던 듯 툭툭 털고 일어나서 멀쩡하게 관광을 마쳤다는 것이다.

또 한번은 중부 부탄에 있는 빙하에 의해 형성된 습지인 포브지카 계곡에서였는데, 이곳은 검정 두루미를 비롯한 희귀 조류가 많이 서식하는 곳이라 사람들이 많이 찾는 곳이었다.

이곳에서 그가 탑승한 버스가 낭떠러지로 굴러떨어지는 사고를 당한 일도 있었다. 그 사고에서 동승했던 많은 사람들이 죽거나 심각한 부상을 당했지만 그는 몇 군데 작은 찰과상만 입고 멀쩡한 몸으로 돌아왔다고 했다.

그 밖에도 크고 작은 사고를 많이 당했지만 그때마다 그는 별 피해를 입지 않았기에 그의 법맥 스승은 그를 금강역사(金剛力士)가 보호하고 있기에 가능한 일이라고 놀라워했다고 한다.

나는 그 이야기를 듣고 잠시 혼란에 빠졌다. 그가 무사해서 분명 다행한 일이긴 했지만, 운명론자처럼 행동했던 그의 행태를 다시 보게 되면 어쩌나 하는 불안감이 엄습했기 때문이었다. 내 생각에 운명론자들은 대체로 무모한 모험을 피하기는커녕 오히려 모험과 위험을 자초하는 사고방식을 갖고 있는 사람들이었다.

어쨌든 그는 부탄 여행을 무사히 마치면 몽골로 갈 예정이라 했다.

그가 몽골을 선택한 이유는 몽골 국민의 과반수가 대승불교인 라마교 신자들이기 때문에 푸나카에서의 수행 열정을 그대로 계속 이어 갈 수 있을 것이라고 생각했기 때문이었다.

옛날이야기

그리고 계획대로 그는 부탄의 푸나카에서 수행 생활에 들어간 지 6개월이 다 되어 갈 무렵, 부탄보다 한결 더 문명화되고 이동이 자유스러운 몽골의 울란바토르 공항에 도착했다.

그때가 10월 추석 무렵이었는데 낯선 타국 땅에서 맞는 명절이라 가족에 대한 그리움이 간절했으나 그는 깨달음을 얻기 위해 심혈을 기울여 노력하겠다는 마음을 더욱 굳게 먹었다.

그는 우선 울란바토르의 간단 사원 부근에 임시 거처를 정했다.

그에게도 몽골이라는 나라는 남한 면적의 15배, 인구 300만, 고비 사막과 징기스칸, 게르, 유목민의 국가라는 기본적 상식으로만 기억되는 나라였다. 그래서 몽골의 수도에 자리잡은 간단 사원에서 그가 알지 못했던 또 다른 불교의 모습을 대면해 보고 싶었다.

간단 사원은 몽골에서 오랜 역사를 자랑하는 라마불교 사원이고, 현재 몽골에서 가장 큰 규모의 사원으로 꼽힌다고 했다.

몽골인의 50% 이상이 티베트 불교(라마교)를 믿고 있으며 달라이 라마를 숭상한다고 했다.

간단 사원에서는 티베트에서 볼 수 있는 라마 불교 전통의 마니차(摩尼車: 몽골어로는 후르트라고 함)라고 하는 경전 돌리는 의식과 승려들을 볼 수 있었다. 마니차를 구성하는 원통에는 경전을 적은 종이가 들어 있는데, 이를 돌리면 경전을 읽는 것과 같다고 여겨지며, 글을 읽지 못하는 신도들을 위해 만들어졌다고 한다.

마니차는 나무 손잡이에 철제 원통이 달린 구조인데 손에 쥘 수 있는 개인용에서부터 사원이나 마을 등에 두는 큰 규모의 것까지 형태가 다양하다. 이 밖에 목걸이, 염주 등과 결합하여 사용하기도 한다.

사원 안에는 현재 150여 명의 승려가 수행 중에 있다고 하는데, 들어 가서 동자승들이 수행하는 모습도 볼 수 있다고 했다.

또 사원 안에는 큰 불상과 불교 대학과 승려들이 묵는 기숙사가 함께 자리해 있다. 중앙의 사원 내부에는 높이 27m의 금동 불상이 있는데, 중앙아시아에서 가장 큰 규모로 알려져 있다.

간단 사원은 1937년 티베트 불교에 대한 공산 정권의 숙청이 진행되었을 당시 거의 유일하게 파괴되지 않은 절이다. 당시 공산당은 종교의 자유가 있음을 외국에 과시하려는 목적으로 이 절을 남겨 두었다고 한다. 이후 매년 다양한 종교 행사가 벌어지며 늘 많은 사람들로 붐빈다고 한다.

몽골은 대륙성 기후의 특징상 겨울이 빨리 온다고 한다. 그래서 그런지 10월인데도 해가 지면서 초겨울 날씨처럼 금방 쌀쌀해졌다.

지평선 너머로 달이 뜨고 곧 이어서 무수한 별들이 금방이라도 쏟아질 듯 반짝이며 하늘을 수놓았다.

그는 넋을 놓고 하염없이 밤하늘을 올려다보았다.

돌아가신 어머니의 모습이 떠올랐다. 또 처제 영선의 수줍어하던 모습과 장모님의 슬퍼하던 표정도 눈앞을 스쳐 갔다.

걱정에 잠긴 아내와 두 아들의 얼굴이 눈앞에 어른거렸고 반짝이는 별빛이 꼭 손주들의 초롱초롱한 눈빛 같다고 그는 생각했다.

그는 자신도 모르는 사이에 육자진언(六字眞言)*을 외우고 있었다.

옛날이야기

그는 새 숙소에서 부탄에서부터 몽골에 도착할 때까지의 자신의 행적을 돌이켜 보았다.

지나간 6개월 동안의 행적이 파노라마처럼 뇌리를 스쳐 갔다. 그리고 그 모든 행적의 바탕에는 고독이 자리하고 있었음을 확인했다.

고독 속에서 모든 성찰이 이루어지고 진실은 제 모습을 드러내었다.

그는 자신만의 고독의 성지(聖地)에 아무것도 들이지 않겠다고 다짐했었다. 그래서 기쁨도, 슬픔도, 외로움도, 두려움도, 그리움까지도 들이지 않겠다고 맹세했었다.

그런 감정들은 모두 오랜 시간 동안 자신의 가슴에 머물다가 마침내 숙성되고 형해화(形骸化)되어, 드디어 고독만 남았다고 그는 확신했었다. 그런데 오늘, 뜻하지 않게 평정심을 잃고 가족들에 대한 그리움을 사무치도록 절실하게 느꼈음에 대하여 성찰(省察)하지 않을 수 없었다. 그래서 그는 다시 한번 스스로를 채찍질하였다. 철저한 성찰만이 의미 있는 삶을 살아가는 올바른 길을 열어 줄 것이라고 굳게 믿었다.

그는 한동안 두 눈을 꼭 감은 채 호흡을 가다듬었다.

이틀 동안을 간단 사원을 둘러보며 임시 거처에서 보낸 그는 지인의 소개로 울란바토르 외곽의 작은 아파트를 숙소로 정했다.

그의 새로운 거처는 앞이 훤하게 트여서 시가지 너머로 아득한 지평선이 보였고, 도시의 중심지에서 제법 떨어진 곳에 자리잡고 있어서 밤엔 반짝이는 별빛을 항상 볼 수 있었다.

그는 수행에 들어가기 전에 몽골에서 꼭 들러 봐야 할 명소를 신중하게 선정했다.

첫째가 아리야발 사원, 두 번째가 카라코룸의 에르덴 조 사원, 세 번째가 고비 사막이었다.

해양성 기후의 영향을 받지 않는 몽골의 기후 특성상 10월 하순부터 4월까지 계속되는 겨울의 혹독한 추위도 염두에 두어야 했다. 그래서 가장 추운 시기인 11월부터 3월 사이에는 명상을 위주로 수행하기로 했다. 그러다 보니 10월중에 아리야발 사원과 카라코룸의 에르덴 조 사원을 둘러보고, 고비 사막은 5월 이후에나 찾아보기로 계획을 잡게 되었다.

새로운 거처를 정하고 여독(旅毒)도 풀린 10월 중순 어느 날 그가 아내와 통화를 했다.

그는 아내로부터,

"당신 스스로를 아끼며 소중히 여겨야 해요.

당신을 위해서도 그렇고, 오로지 당신의 존재 자체가 삶의 이유인 사람들을 위해서도 그래야 합니다.

어머님이 그랬고, 나도 그렇습니다.

나는 매일 아침마다 당신이 무사하기를 빌고 있어요. 당신이 존재하기에 우리는 행복할 수 있는 것입니다. 그러니까 제발 자중자애(自重自愛)하세요."라는 간절한 당부의 부탁을 들었다.

그는 몽골의 어느 쾌청한 늦가을 날, 첫 번째 탐방 목표로 잡은 아리야발 사원을 향해 아침 일찍 출발했다. 겨울을 앞둔 늦가을 날씨인지라 제법 두툼한 옷차림으로 집을 나섰다.

아리야발 사원은 울란바토르에서 약 60km 정도 떨어진 곳에 위치하여 차로 한 시간 반 정도 걸리며, 고르히 테렐지 국립공원의 초입에 자리하고 있었다.

고르히 테렐지 국립공원은 초원과 숲과 기암괴석이 조화를 이루는 몽골 최대의 공원이었다. 그곳을 방문한 많은 여행객들은 몽골의 장대하고도 아름다운 자연 풍경에 감탄하며 놀라워했다. 말 타기, 낙타 타기 등을 체험하는 여행객들도 많이 있었다.

아리야발 사원은 새벽 사원이라고도 불리며 큰 바위산을 배경으로 앉아 있는데 멀리 보이는 암벽에 티베트어로 '옴마니반메훔'이 크게 쓰여 있었다. 경내는 봄여름철에 만발하는 야생화 풍경이 유명하다고 들었는데 지금은 시들어서 빛 바랜 풀들만 우거져 있었다.

사원은 부처님이 타고 다니셨다는 코끼리를 형상화했는데, 사원으로 올라가는 108 계단은 코끼리의 코를, 사원은 코끼리의 머리를 상징한다고 하였다.

이곳에서도 108 계단을 올라서면 본당 앞에 후르트(마니차)들이 설치되어 있었다.

사원 정상에서 멀리 바라다보이는 거북바위를 품고 있는 국립공원의 풍경은 그의 가슴속 수심(愁心)을 달래 주기에 충분하였다.

그는 마니차를 돌리며 '옴마니반메훔'을 되뇌었다.

아리야발 사원에서 오후 늦게 귀가한 그는 밤늦게까지 명상에 잠겨 있었다. 무념무상에 도달할 때까지 온갖 잡념을 털어내려고 애를 썼다.

그리고 부탄 도착 후부터 매일의 일과로서 엄격하게 지키기로 작정한 팔정도(八正道)*를 제대로 행하고 있는지 자문(自問)해 봤으나 답은 아니었다. 그래서 그는 흐트러진 마음을 다잡고 올바른 정진을 하겠노라고 스스로 다짐했다.

새벽 사원을 다녀와서 이틀을 쉰 다음 날, 울란바토르에서 서쪽으로 400km 정도 떨어진 곳에 위치하며, 차로 7~8시간 거리에 있는 유적지 카라코룸을 1박 2일의 일정으로 돌아보기로 하였다.

순례도 여행도 방랑도 모두 수행의 또 다른 형태이기에 아직 피로가 남아 있었지만 그는 기꺼운 마음으로 폐허가 된 몽골의 옛 도시로 향하는 차에 올랐다.

차를 타고 끝없는 초원을 지나 카라코룸으로 가는 도중, 강풍과 함께 세찬 비가 내렸다. 곧 닥쳐올 매서운 겨울 추위를 예고라도 하는 듯, 하늘로부터 무서운 굉음과 함께 차갑고 거센 비바람이 지상의 온갖 것들을 휩쓸어 버릴 듯 사납고 맹렬하게 휘몰아쳤다.

그는 가슴에 가득 찬 잡념과 번뇌들을 강풍이 모조리 씻어 가 주기를 합장하고 기원했다.

세찬 비바람은 한 시간쯤 계속되다가, 서쪽 하늘부터 검은 먹구름이 물러가기 시작했다. 곧 하늘 전체가 맑고 파랗게 개어 대륙의 아스라히 먼 지평선을 볼 수 있었다.

카라코룸의 여행자용 게르를 빌린 그는 박물관만 돌아보고 에르덴조 사원은 다음 날 관람하기로 하였다.

저녁이 되자 금방 달이 떠오르고, 이어서 무수한 별빛이 반짝이기 시작했다.

바람이 불 때마다 풀벌레들의 울음소리들이 별빛에 흔들리며 벌판을 가득 채우고 흐르는 듯했다.

잠자리에 들기 전에 그는 정복자이며 동시에 불교를 숭상했던 몽골의 역사에 대해 생각을 했다.

카라코룸은 13세기 몽골제국(원나라)의 수도였고, 이곳에 세워진 에르덴 조 사원은 몽골 최초의 불교 사원이었다. 칭기즈 칸의 후손인 할하몽골(북원)의 '아브타이 사인 칸'이 1585년 몽골의 주 종교가 티베트 불교임을 선언하고 몽골의 200년 전의 옛 수도였던 카라코룸에 에르덴 조 사원 건축을 지시했다고 하며, 카라코룸의 폐허에 있던 돌들을 활용하여 108개의 불탑(사리탑)으로 성벽을 만들었다고 한다.

티벳 라마 불교는 몽골에 13세기에 들어왔으나 이 에르덴 조 사원을 짓고 나서 급속히 라마 불교가 몽골에 퍼졌다고 한다. 원나라가 패망하고 북원(北元) 지역으로 돌아온 몽골 지배층은 결속력을 공고히 하기 위한 구심점으로 티벳 불교가 필요하여, 적극 받아들였다고 한다. 자연신과 샤머니즘을 숭배하던 몽골인들이 외래 종교를 접한 순서는 경교(景敎, Nestorian)*, 이슬람교, 도교와 불교, 천주교 순으로 알려져 있다.

몽골제국 내에는 다양한 종교가 존재했지만, 몽골의 지도자들은 불교를 지배를 위한 도구로 사용했고, 그와 같은 그들의 정치적 의도 아래 불교가 몽골 민족의 정체성으로 자리 잡게 되었다. 특히 티베트 불교가 몽골제국의 국교가 되었다. 그는 몽골에서의 불교의 성공적인 확산이 정치적 의도와 몽골인들의 토착 종교인 샤머니즘과 자연신을 숭배하는 경향이 불교와 잘 혼합되었기 때문이라고 결론지었다.

게르에서 하룻밤을 묵은 그는 새벽 일찍 깨어서 깨달음에 이르기 위해서는 어떻게 해야 할 것인가에 대하여 다시금 골똘하게 생각에 잠겼다.

석존(釋尊)은 보리수 아래에서 4제(諦)를 깨닫고 이를 중생들에게 설법하였다.

제(諦)란 진리를 말하는 것인데, 곧 네 가지 진리를 가리킨다. 그 하나는 고(苦)제이다. 즉 우주, 인간에게는 하나도 항상적(恒常的)적인 것이 없다. 그럼에도 불구하고 우리들은 항상적이기를 원하고 집착하는데, 거기서 괴로움이 온다. 이것이 고라는 진실, 즉 고제이다.

둘째로 세상의 모든 것은 불변의 실체가 아니고 서로 의지하고 서로 도와서 하나의 것으로 나타나기도 하고 또한 없어지기도 한다. 즉, 연기(緣起)*의 법에 의해서 집은 고의 원인이고 인연이 된다. 가(假)의 모습을 보이고 사물로서 집합하는 것, 이것을 집(集)제라고 한다.

셋째로는 이 이치를 깨달으면 방황도 괴로움도 없어지고 조용한 기쁨과 평화가 찾아온다. 그것을 멸(滅)제라고 한다.

그리고 깨달음에 이르는 방법, 도는 멸의 원인 또는 인연이 된다. 이것이 방법의 진실, 도(道)제로서 병을 낫게 하는 치료법이다.

이 네 가지를 합하여 고(苦), 집(集), 멸(滅), 도(道)의 4제 성리(性理)라고 한다.

4성제에서 고(苦), 집(集) 2제는 괴로움의 원인과 결과를 만드는 인과(因果)관계 즉 유전연기(流轉緣起)이고, 멸(滅), 도(道)의 2제는 괴로움이 소멸된 인과관계 즉 환멸연기(還滅緣起)인 것이다.

이 4제에 따라서 불교에서는 깨달음의 길을 이해하고 목표를 정해서 수행하는 것이다.

석존의 가르침은 사람들의 어려움, 괴로움에 대응해서 거기에 맞는 해법을 가르치고 있다. 4제에서 밝히듯이 괴로움을 직시하고 초월하는 것이 불교의 제일의 과제였던 것이다.

그는 스스로를 괴로움과 번뇌의 인과관계인 고(苦)제와 집(集)제의 유전연기(流轉緣起)에서 벗어나기 위해 더욱 수행하고 정진하기 위해 힘을 쏟아야 한다고 생각했다.

그는 몽골의 가장 오래된 사원 중의 하나인 에르덴 조 사원에서 108개의 불탑과 경내에 설치된 마니차도 볼 수 있었다. 또 마당에 있는 큰 가마솥 세 개도 보았는데, 에르덴 조 사원의 전성기 때 이 가마솥으로 일만 명의 승려가 먹을 밥을 지었다고 했다.

사원에는 아직도 많은 승려들이 수행에 힘쓰고 있어서 그들의 독경 소리를 들을 수 있었다.

승려들은 당연히 삶과 죽음, 만남과 이별 등 인생에서 이루어지는 모든 현상을 올바로 이해하고 해탈하여, 마침내 열반에 들고자 함이 그들의 궁극적 목표일 것이다.

에르덴 조 사원을 둘러보고 그는 귀갓길에 올랐다. 귀가 중 차 안에서 내년 봄의 고비 사막 순례에 대한 계획을 세우기 시작했다.

그는 고비 사막에서는 생존이 최우선인 극한의 여건 때문에 정신적 괴로움을 떨쳐낼 수도 있을 것이라는 기대가 있었다. 삶과 죽음의 갈

림길 앞에서는 웬만한 괴로움은 사치에 불과할 것이기 때문이었다.

괴로움에는 4고 8고가 있는데, 사고(四苦)는 생노병사(生老病死) 네 가지이고, 그리고 이것을 합한 것, 즉 사랑하는 사람과 이별해야 하는 애별리고(愛別離苦), 미워하는 사람과 만나야 하는 괴로움인 원증회고(怨憎會苦), 원하는 것을 구하지 못하는 괴로움인 구불득고(求不得苦), 사람의 심신을 구성하는 5요소가 성하기 때문에 일어나는 괴로움인 오온성고(五蘊盛苦: 眼耳鼻舌身이 모두 좋은 것만 바람)의 팔고(八苦)이다. 이것은 누구라도 피할 수 없는 근본적인 고(苦)이다.

그렇기 때문에 사막에서는 스스로를 더 잘 통찰해서 자신의 영혼을 가장 고통스럽게 만드는 것이 무엇인지 밝혀내고 마침내 떨쳐낼 수 있을 것이라고 기대했다.

그 고통 앞에서 그는 목놓아 통곡하고 싶었다. 마음껏 통곡을 하고 나면 자신의 영혼이 깨끗이 씻겨질 것만 같았다.

카라코룸과 에르덴 조 사원 둘러보기를 마치고 돌아온 그는 겨우내 참선(參禪)과 포행(布行)*으로 시간을 보냈다.

가족들과의 통화도 의도적으로 줄이며 자신의 본성을 깨닫기 위한 수행에 집중했다.

메마르고 삭막한 추운 겨울이 가고 몽골에도 봄이 왔다.

몽골의 추위는 살인적이었다. 모자를 쓰지 않으면 극한 추위로 인해 만성 두통에 시달리게 되고 겨울용 털 신발을 따로 준비해야 하며, 가죽으로 만든 옷이 아니면 스며 들어오는 겨울 추위를 막기 힘들었다.

옛날이야기

이러한 추위를 사람들은 '유숭 유스'라고 하는데 이것은 우리의 3한 4온처럼 기후적인 특징을 요약한 것과 비슷하게 9일 단위의 추위가 아홉 번 있다는 뜻이다. 즉 매년 동지인 12월 20일쯤부터 시작해서 이듬해 3월 10일 무렵까지 이어지는 81일 동안을 겨울로 생각하고 세 단계로 구분을 해 놓았다.

발치르 유스(초기 9일 단위의 세 번의 추위)

12월 22일~30일: 첫 번째 추위는 얇은 옷을 입으면 춥다.

12월 31일~1월 8일: 두 번째 추위로 양의 우리 바닥이 언다.

1월 9일~17일: 세 번째 추위로 세 살짜리 황소의 뿔이 언다.

이뜨르 유스(중기 9일 단위의 세 번의 추위)

1월 18일~26일: 네 번째 추위로 네 살짜리 황소의 꼬리가 얼어 끊어진다.

1월 27일~2월 4일: 다섯 번째 추위로 바깥 낱알이 얼지 않는다.

2월 5일~13일: 여섯 번째 추위로 노숙을 해도 얼어 죽지 않는다.

흑칭 유스(말기 9일 단위의 세 번의 추위)

2월 14일~22일: 일곱 번째 추위로 언덕 머리의 눈이 녹는다.

2월 23일~3월 3일: 여덟 번째 추위로 눈이 녹아 거의 다 없어진다.

3월 4일~12일: 아홉 번째 추위로 따뜻해진다.

즉 네 번째 절정의 추위를 지나고부터 점차 추위가 약해진다고 했다.

5월 초에 그는 고비 사막을 향해 출발했다. 울란바토르에서 몽골 서
남부에 위치한 고비 사막까지의 거리는 500, 600km로 열 시간 정도
걸려서 도착할 수 있었다.

그는 다른 여행자들과 함께 고비 사막의 홍고린 엘스(Khongoriin Els)
의 여행자 숙소에 자리를 잡고 순례 코스를 검토하기 시작했다.

주위가 산지로 둘러싸인 몽골 고원 내부의 고비 사막의 범위는 확
실치 않으나, 몽골 남부에서 중국과의 경계에 걸쳐 있는, 길이 약
180km, 넓이 15km 정도의 거대하고도 길게 뻗어 있는 황금빛 사막인
데, 해발 300m의 고원에 자리 잡고 있다.

고비란 몽골어로 '풀이 잘 자라지 않는 거친 땅'이란 뜻으로, 모래땅
이란 뜻은 내포되어 있지 않다. 고비라는 말의 뜻처럼 고비 사막 대부
분의 지역은 암석 사막을 이루어 홍고린 엘스처럼 모래 언덕으로 된
지역은 매우 적고, 또 일반적으로 고비 사막이라 부르는 지역 범위 안
에는 넓은 초원 지대가 포함되어 있다.

그는 고비 사막에서 열리는 마라톤 대회 코스가 순례하기에 적합하
다고 판단했다. 고비 사막 마라톤 대회는 세계 4대 극한 마라톤 대회
의 하나로, 해마다 5월에서 6월 사이에 열리며 대회 기간은 7일이다.

대회 코스는 총 여섯 구간으로 나뉘는데 구체적인 내용은 매년 변한다. 다만 총 길이가 약 250km인데, 전체 거리의 3분의 1 정도는 모래 위를 걷게 되고, 이외에도 평야와 호수, 바윗길 등 고비 사막을 포함해서 몽골 고원의 여러 지형을 두루 포함하고 있다.

이 대회와 이집트 사하라 사막 마라톤 대회, 칠레 아타카마고원 마라톤 대회, 남극 마라톤 대회를 아울러 세계 4대 극한 마라톤 대회라고 부른다.

그는 마라톤 대회가 열리지 않는 기간을 택해서 하루 평균 30km 정도씩만 걸으면 계산상으로 열흘 안에 250km의 마라톤 전구간 순례가 가능하리라 믿었다.

여건만 맞으면 낮에는 자고 밤 시간 동안 별빛 쏟아지는 고비 사막을 걸을 수도 있을 것이라고 생각했다.

고비 사막 순례를 시작하고 처음 이삼 일 동안은 체력적으로 여유가 있어서 즐거움과 깨달음에 대한 압박으로부터 벗어나 해방감을 느낄 수 있었으나, 그 이후부터는 무한한 인내가 필요했다. 평범한 육지와 달리 암석이나 모래로 이루어진 사막을 걷는 일이 훨씬 더 힘들었기 때문이었다.

코스의 후반부에서는 극심한 육체적 고통으로 당장 그만두고 싶은 유혹에 시달리기도 하였다.

열흘 만에 고비 사막 순례를 간신히 끝낸 그가 탈진해서 울란바토르의 병원으로 후송되었다는 소식을 그의 아내로부터 들은 것은 5월 중순쯤이었다.

병원에서 응급 치료를 받고 이틀 후에 그는 그의 숙소로 돌아왔다.

그는 고비 사막 순례 기간 내내 원효대사의 행적을 떠올렸다.

원효는 의상대사와 함께 당나라로 유학 길을 떠나던 도중에 해골에 고인 물을 마시고는 일체유심조(一切唯心造)라는 진리를 깨닫고 당나라로 가던 발걸음을 신라로 다시 돌렸다고 한다.

원효는 이 깨달음의 내용을 '마음이 일어나면 만법이 생기고 마음이 멸하면 만법이 소멸한다(心生故種種法生 心滅故種種法滅).'라고 설명했다고 한다.

그는 혹독한 더위와 추위가 반복되는 험난했던 고비 사막 순례를 통하여 원효의 이와 같은 일화에 공감하고 깨달음을 체득(體得)할 수 있었다고 했다.

부처는 모든 세상 일은 인위적인 것이든 자연적인 것이든 유한하고 상대적인 것이라고 했다. 그리고 고(苦)의 원인이 인간 자신의 마음속에 있는 자기모순 때문에 생긴다고 했다(일체개고, 一切皆苦).

꽃은 곧 시들고, 사람은 곧 늙는다. 그리고 반드시 죽는다. 이것이 인생의 진리인 제행무상(諸行無常)이라고 했다.

또 인연생기(因緣生起)가 삼라만상 모두의 성격이어서 거기에는 하등 영속해야 하는 실체성은 없다(제법무아, 諸法無我).

이 움직일 수 없는 사실을 체득하고 확인할 때 우리가 괴로워할 모든 이유도 없어진다고 했다.

이 이치를 깨닫지 못하고 괴로워하는 모든 것을 아집(我執)이라고 한다. 아집을 버리면 거기에는 번뇌가 사라지고, 조용한 경지가 저절

　　　　　　　　　　옛날이야기

로 열린다(열가적정, 涅架寂靜).

불가에서는 이를 4법인(法印)*이라고 해서 기본 교의(敎義)로 여긴다.

그를 괴롭혀 왔던 풀리지 않는 의문점이었던, '의지로도 어쩔 수 없는 인간 능력 밖의 일은 어떻게 할 것인가.'라는 고뇌도 실상은 실체성 없는 아집에 불과함을 그는 깨달았다.

원효가 "나지 말아라. 죽기가 괴롭구나. 죽지 말아라. 나기가 괴롭구나."라고 역설적인 소망을 토로했던 것도 아집에서 벗어나기가 그만큼 힘들다는 것을 웅변하는 것이라고 판단했다.

결론적으로 사람마다 인연생기(因緣生起)에 의해서 타고난 운명대로 아집을 버리고 선(善)한 의지로 성실하게 사는 것이 부처의 뜻이라고 그는 생각했다.

고비 사막 순례로 탈진했던 그는 충분한 휴식으로 거동이 자유스러울 정도로 회복되면서 서둘러 귀국하기로 결정했다.

그가 귀국한 시기는 5월 하순쯤이었는데, 뒷마당의 산딸나무 꽃과 이팝나무 시든 꽃들이 봄바람에 분분히 지고 있을 때였다.

그는 집에 도착해서 짐을 풀자마자 나에게 전화를 했다. 내가 반갑게 전화를 받자 그는 차분한 목소리로,

"자네 퇴근했구만. 저녁 먹고 자네 집으로 갈 테니 차나 한잔하세."

하였다.

해가 저물고 으스름 무렵에 그가 우리 집에 왔고, 우리 집 현관에 들어서자마자 오래간만에 보는 친구가 너무나 반가워서 그의 두 손을

덥석 잡는 나에게, 그는 두 번의 방랑 후 방문 때처럼 무덤덤하게 내뱉었다.

"이 집에서 내려다보이는 파란 바다도 섬도 모두 다 그대로 아름답구나! 자네도 예전 모습 그대로다. 참 반갑고 좋다!"

그는 익숙하게 올 때마다 늘 앉던, 바다가 내려다보이고, 단풍나무 가지가 바람에 너울대는 거실 창 쪽 소파에 편하게 앉았다.

나는 그의 모습을 훑어보았다.

그에게서 낯선 동네의 바람 냄새가 풍겨 나왔다. 오십 대 중반에 들어선 사람 같지 않게 그의 눈빛은 살아 있었고, 얼굴에는 아직 발랄한 생기가 차 있었다.

그는 아마도 먼 이국 땅 여러 곳을 떠돌아다녔을 것이다.

문득 방랑자(放浪者)라는 단어가 떠올랐다. 정해진 곳이 없이 떠도는 것을 방랑이라고 정의했으니, 그는 방랑자임에 틀림없었다.

내가 그에게,

"다시 보게 되어 반갑네. 그래, 몸은 다 회복되어서 아픈 데는 없지?" 하고 묻자,

"응, 좀 쉬었더니 좋아졌네. 자네도 건강해 보여서 좋구만." 하고 밝게 웃으며 말했다.

그는 한동안 말없이 먼바다 끝 수평선만 바라보았다. 내가,

"바다 구경 오래간만에 하는 거지?" 하고 묻자,

"그렇네. 역시 바다가 보이니까 집에 와 있다는 실감이 나네⋯." 하고 감개무량한 듯 말했다.

그와 나는 밤이 깊어질 때까지 이야기를 나누었다.

특히 그는 나에게 다음과 같은 이야기를 해 주었다.

"여보게, 사람이 세상을 산다는 것이 아무 생각 없이 그냥 저냥 쉽게 살아지는 건 아니더라고. 좀 전에 누군가에게 건넸던 말 한마디, 친절한 행동 하나, 불손한 말 한마디가 나뿐만 아니라 상대방 삶의 방향도 뒤바꿔 놓더라고.

과학 이론이지만 사회 현상을 설명할 때 흔히 쓰이는 나비 효과처럼 어제뿐만 아니라 과거의 모든 나의 행동이나 생각들이 나의 현재나 미래를 바꾼다는 것을 나는 확실히 알았네."

내가 그의 말을 끊고,

"불교의 연기론을 주장하고 싶은가 보네." 하고 말하자 그가,

"연기론의 무명(無明)에서부터 노사(老死)에 이르는 십이연기(十二緣起)를 얘기하자면 아마 몇 날 며칠을 두고 설명해도 부족할 거야. 인간의 근본적인 고뇌인 팔고(八苦)는 숙명적이거나 우연한 것이 아니라 자신의 무지가 원인이 되어 받게 되는 필연적 결과라고 보는데, 인간이 늙어서 죽게 되는 것은 태어나기 때문에 일어나며, 또한 괴로움은 사랑의 번뇌에 의해 생기거나 인간의 근원적인 무명(無明)에 의해 생기며, 반대로 번뇌가 없으면 고통도 없어진다고 했네. 이것을 계열화하여 무명에서부터 노사에 이르는 십이연기(十二緣起)가 확립되었다고 하지. 그리고 이론적으로 알고 있는 것하고 체득해서 아는 것하고는 다르지."라고 힘주어 말했다.

"이 세상에서 벌어지는 모든 일들이 개인이나 소수의 결단에 의해서

그 과정과 결과가 이루어진다는 것을 우리 모두는 알고 있지."

잠시 회상에 잠긴 듯 말을 멈춘 후, 곧 이어서,

"내가 부탄 여행 중에 탁상 사원과 포브지카 계곡으로 추락하는 등의 큰 사고를 몇 번 당했는데, 사고를 당한 일시와 장소만 달랐어도 상황은 달라졌을 거야. 남부 부탄의 파로에 위치한 탁상 사원의 방문 시간을 달리 잡았거나, 다른 차를 타기만 했어도 계곡으로 추락하지 않았겠지. 또 그날 운전 기사의 컨디션이, 도로 상황이 조금만 달랐어도 사고는 안 일어났겠지."

그가 그때의 아찔했던 상황을 떠올리듯 눈을 질끈 감았다가 다시 뜨며 말을 이었다.

"그런데 그런 상황, 운명을 누가 미리 알 수 있겠나? 불운이나 행운이 때로는 일찍 찾아오기도 하고 때로는 늦게 들이닥치기도 하겠지. 마치 나비 효과처럼 초기값의 미세한 차이에 의해 결과가 완전히 달라지는 것처럼 윤회의 굴레로부터 벗어나기 전에는 우리 인생도 과거, 현재, 미래가 다 묶여 있는 거지.

어쨌든 우리는 확실하게 자신의 미래를 꿰뚫어 볼 수는 없으니까 모든 상황을 연기(緣起)로 받아들여서 눈빛 하나, 행동 하나, 생각 하나라도 무심하게 하지 말고 올바르게 살아야겠다고 다짐하였네. 이 모든 것이 업보로 쌓여서 다시 되돌아오게 되어 있으니까."

잠시 호흡을 가다듬은 후에,

"결론적으로 석가모니는 연기적 관계를 떠나서 '우주'와 '나'는 존재하지 않는다고 했는데, 연기를 바로 보는 것이 법을 바로 보는 것이며 법을 바로 보는 것이 성불(成佛)이라는 말이지. 그러므로 우리는 연기를 바로 깨우치면 우리가 본래 부처라는 것을 확인하게 되는 것이라고 하네. 불교에서 수행하는 것도 이 연기법을 몸으로 깨우치고 내면화(內面化) 하기 위한 구체적인 수행의 과정일 테지…."

그가 엄숙하고 진지한 표정으로 스스로에게 다짐하듯 말했다.

그가 우리 집을 떠나면서 아쉬운 듯 말했다.

"올 봄도 거의 다 지났나 보네. 봄 꽃들이 다 떨어졌네….

이제부터는 자네가 우리 집에 오게. 우리 집 마당의 불두화(佛頭花)가 곧 필 걸세.

그러면 꽤 볼만할 거야.

잘 있게, 친구!" 하면서 그가 내 손을 꼭 잡았다.

그날 이후 가을이 오기 전까지 그와 나는 자주 어울려 다녔다. 친구들과도 자주 어울렸고, 그의 집에 가서 그가 방랑 길에 겪었던 이야기도 많이 들었다.

그는 몽골 고비 사막 순례 때의 기억을 평생 잊지 못할 것이라 했다. 250km의 밤낮 구분 없던 순례는 고통스럽긴 했으나 별빛 찬란했던 밤과 끝없는 모래벌판 너머 보이던 지평선과 그를 현혹시켰던 신기루 등을 통해서 그에게 큰 영감을 주었다고 했다.

한계 상황에 도달할 때 인간은 진실을 통찰할 줄 아는 능력이 생기는데, 고비 사막 순례 때 그가 마주했던 한계 상황은 그로 하여금 그를 사로잡았던 아집으로부터 벗어날 수 있는 깨달음을 주었다고 했다.

부탄의 법맥 스승이 경전이나 구전, 구결보다 순례나 방랑 같은 수행을 그에게 권한 것이 신의 한 수였다고 그는 말했다.

그는 우리나라의 푸근한 푸른 산들이나 눈 쌓인 산들도 꼭 순례를 해 봐야겠다고 다짐했다. 그래서 그는 산악회에 가입해서 등반도 하고, 명산 고찰도 돌아보기로 하였다.

그는 나중에 주 1회, 한 달에 3~4회 정도를 당일 코스로 등산을 다녀오곤 하였다.

그렇게 등산을 다녀온 날엔 그의 표정은 밝은 활기로 가득 차 있었다.

그해 여름은 유난히 더웠고 비도 많이 내렸다. 그래서 사람들은 빨리 가을이 와서 더위와 눅눅한 습기를 씻어 가 주기를 바랐다.

기다리던 가을이 되자 그는 동호회의 주축 회원이 되어서 왕성한 등반 활동을 하였다.

그는 대학 시절부터 등산을 즐겨 해서, 한 봉우리 또는 산맥 등의 한쪽으로부터 등산하여 다른 쪽으로 내려가는 횡단 등산이나, 몇 개의 산정(山頂)을 연속적으로 걷는 종주 등산, 산록(山麓) 또는 산중에 근거지를 두고 주위의 여러 산을 오르내리는 방사상 등산, 한 산정을 목표로 하여 몇 개로 나뉜 등산 대원들이 제각기 다른 루트로부터 등산하는 집중 등산, 계곡을 따라 오르내리는 소행(遡行) 등산 등 여러 가지 형태의 등산을 모두 섭렵했었다. 뿐만 아니라 암벽 등반도 즐겨 해서 몇 번 가벼운 사고를 당한 적도 있었다.

그는 당일로 끝낼 수 있고, 개인 등산이 가능한 종주 등산과 횡단 등산, 그리고 소행 등산을 주로 하였다.

가끔 동행자가 여럿 되어서 같은 코스로 등산을 하는 경우도 있었는데 이때에는 대체로 그가 리더로 뽑혀서 일행들을 통솔하였다. 그의 경력과 등산 기술과 체력이 알려져 있었기 때문이었다.

등산이 끝나서 귀가하면 그는 반드시 마음을 가다듬고 참선(參禪)을 하였다. 그는 참선이나 명상을 통해서 여덟 가지의 수행 덕목, 즉 팔정도(八正道) 중에서도 바른 명상으로 마음을 한 곳에 집중하여 마음의 평정을 찾는 정정(正定)에 더욱 힘쓰고자 하였다.

그가 나에게 설명하기를 참선은 자신이 본래 갖추고 있는 부처의 성품을 꿰뚫어 보기 위해 자신의 본성을 간파하고 의심을 깨뜨리기 위해 앉아서 수행에 몰입하는 것이고, 명상(瞑想·冥想)은 고요히 눈을 감고 차분한 상태로 어떤 생각도 하지 않는 것이며, 종종 마음을 깨끗이 하고, 스트레스를 줄이며, 휴식을 촉진시키거나, 마음을 훈련시키는 데 사용된다고 하였다.

앉아 있는 동안 특정한 주문(呪文)인 만트라(mantra)를 반복하는 방법이나, 자신의 호흡을 관조하는 방법 등이 있고, 조용한 환경에서 눈을 감고 있을 때 할 수 있다고 했다.

그래서 마음의 본질에 대한 깨달음을 추구하는 전문 수행자들은 참선이란 용어를 더 선호하고, 마음의 평화를 원하는 일반 대중은 근래에 명상이란 용어를 훨씬 더 잘 사용한다고 했다.

초가을이 지나고 마당의 화살나무 잎들이 시월의 푸른 하늘 아래 핏빛처럼 붉게 물든 가을이 왔을 때쯤, 그는 등산에 푹 빠져 있었다.

당일치기 등산 위주였던 그의 일정이 1박 2일이나 2박 3일 일정, 또는 암벽 등산의 스케줄로 바뀌어 있었다.

그의 아내가,

"이제 나이도 생각해야지. 젊었을 때 체력 생각하면 안 돼요. 항상 무리하지 말고 조심해요."라고 말하면,

"알았어요. 항상 조심하고 최선을 다하고 있으니 염려 말아요." 하고 아내를 안심시켰다.

그가 나에게 장군봉 암벽 등반을 잘하고 오겠다는 전화 통화를 한 그날 밤, 꿈에서 그를 보았다.

그는 황금빛 달빛이 가득한 그의 집 마당을 거닐고 있었다.

마당 한편에는 붉은 꽃이 만발한 백일홍 나무 아래 그의 어머니와 장모와 처제가 앉아 있는 모습도 얼핏 보였다.

그는 밝게 웃으며 나에게 들어오라고 자꾸 손짓하고 있었다.

내가 그에게 대문을 열어 달라고 아무리 말을 하려고 애를 써도 목이 잠겨서 도무지 목소리를 낼 수가 없었다.

나는 그와 그의 가족들이 달빛 속으로 사라질 때까지 필사적으로 소리를 내어 그를 부르다가 내 목소리에 놀라서 잠에서 깨었다.

꿈에서 깬 나는 알 수 없는 두려움으로 한참을 이불 속에서 열병에 걸린 사람처럼 온몸에 진땀을 흘리며 부들부들 떨다가 간신히 일어났다.

그가 설악산에서 사고를 당했다는 연락을 받은 때는 점심 무렵이었다.

밤에 꾼 꿈 때문에 불안감에 휩싸여 새벽부터 아무 일도 하지 못하

옛날이야기

고 있던 나에게 오열하듯 슬퍼하는 목소리로 그의 아내가 전화로 소식을 전한 것이었다.

사고 전날 일행 3명과 함께 설악산에 도착해서 1박을 한 그는 사고 당일 아침 일찍 암벽 등반에 나섰다가 사고를 당했다고 했다.

그날 그는 원래 백담사 계곡에서 출발하여 영시암, 수렴동 대피소를 거쳐 봉정암까지 왕복 11시간 정도 소요되는 횡단 등산 코스를 타기로 되어 있었다.

평소에 그는 백담사 계곡의 크고 작은 조약돌들을 쌓아서 만든 셀수 없이 많은 돌탑들을 보기를 좋아했다.

그는 맑은 계곡물이 흐르는 넓은 계곡 양쪽 돌밭에 오밀조밀하게 만들어 세운 무수한 돌탑들을 보고, 그 돌탑에 사람들의 간절한 소망들이 깃들어 있음을 진하게 느낄 수 있었기에 이 코스를 즐겨 찾았다.

그런데 갑자기 급한 사정이 생긴 가까운 회원이 그에게 부탁을 했다고 한다.

1박 2일 일정으로 잡힌 장군봉 암벽 등반 일정이 자신 때문에 취소되는 것이 미안해서, 그에게 백담사~봉정암 당일 코스와 바꾸자고 부탁을 한 것이었다.

그는 설악산에서 가장 어려운 암벽 등반 코스 중의 하나인 장군봉 암벽 등반 중에 60m 아래로 추락한 것이다. 그리고 그의 일행으로부터 그가 단독으로 암벽을 탔다가 안전 확보 용구를 연장할 때 사용하는 짧은 줄인 슬링(sling)이 끊어지면서 추락하다가 암벽 중간에 돌출해 있는 바위와 충돌했다는 이야기를 들었다.

사고 직후 그는 119 항공대와 산악구조대 등에 의해 병원으로 옮겨졌으나 끝내 사망하고 말았다.

나는 그의 아내로부터 사고 소식을 듣는 순간 눈을 감고 털썩 자리에 주저앉고 말았다.

그때 문득 예전에 그가 나에게 낯선 곳에서 죽음을 맞이할 것 같다는 예감이 든다고 말했던 기억이 떠올랐다.

그는 갑작스러운 자신의 죽음에 대비해서 항상 스스로를 경계했을 것이다. 그러나 세상의 모든 현상은 무수한 원인(因)과 조건(緣)이 상호 관계하여 성립된다는 인연생기(因緣生起)를 그도 거스를 수는 없었을 것이다.

나는 그가 고비 사막 순례 중에 얻은 깨달음대로 연기(緣起)에 순응해서 선(善)하고 성실하게 살다가 타고난 운명대로 간 것이라고 나는 생각했다.

또한 수년간에 걸친 각고(刻苦)의 수행 덕분에 그가 견디어 온 슬픔과 번뇌로부터도 훨훨 벗어날 수 있었을 것이라고 생각했다.

갑자기 내 귀에 환청이 들려왔다.

상두꾼들의 구성진 만가(輓歌)였다.

언젠가 그의 서재에서 함께 듣던 쇼스타코비치의 왈츠 곡도 함께 울려 퍼지고 있었다.

머릿속에 나도 모르게 그가 읊조리던 〈원왕생가(願往生歌)〉의 가사가 불현듯 떠올랐고 나는 주문(呪文)처럼 끝없이 〈원왕생가(願往生歌)〉를 되뇌이고 있었다.

옛날이야기

....

다짐 깊으신 尊을 우러러

두 손 모아서

願往生 願往生

그릴 사람 있다고 사뢰소서

....

다짐 깊으신 尊을 우러러

두 손 모아서

願往生 願往生

그릴 사람 있다고 사뢰소서

- 끝 -

미주

* 無量壽佛: 무량수불, '아미타불'을 달리 이르는 말. 수명이 한없다 하여 이렇게 이른다.

* 尊: 존, 석가모니, 부처님.

* 四十八大願: 48대원, 아미타불은 전생에 법장비구(法藏比丘, 법장보살. 법장은 아미타불 전생의 이름)이었을 때, 이 48대원을 세우고 오랫동안 수행을 쌓은 결과 그 원을 성취하여 극락세계를 이룩하게 되었다. 그 서원(誓願)의 하나하나는 한결같이 남을 위하는 자비(慈悲)에 가득 찬 이타행(利他行)으로 되어 있고, 그것이 보살행(菩薩行)의 구체적 표현이 되었기 때문에 신라의 승려들은 이를 크게 중요시하였다.
48대원의 내용은 크게 네 가지로 요약된다. 첫째 아미타불 자신에 대한 것, 둘째 아미타불의 국토에 대한 것, 셋째 그 불국토에 태어난 이에 대한 것, 넷째 앞으로 불국토에 왕생하려는 이에 대한 것 등으로 되어 있다.

* 정화궁주(貞和宮主): 본래 충렬왕의 왕비였으나, 고려가 원나라의 간섭을 받게 되면서 원나라 제국대장공주에게 밀려 둘째 비로 강등당하여 제국대장공주로부터 갖은 수모를 당하며 살았던 비운의 여인이다.

* 정언(定言) 명령: 칸트 철학에서 행위의 결과에 구애됨이 없이 행위 그것 자체가 선(善)이기 때문에 무조건 그 수행이 요구되는 도덕적 명령을 가리킨다. 칸

트는 의지에 주어지는 모든 명령을 두 가지 종류, 즉 가언적인 것과 정언적인 것으로 구별한다.

가언 명령이 기술적인 숙련의 규칙이거나 실용적인 영리함의 충고라면, 정언 명령은 그 자체로 윤리성의 법칙이다.

* 밀교(密敎): 해석하거나 설명할 수 없는 경전, 주문, 진언 따위를 이르는 말이다.

* 현교(顯敎): 석가모니가 때와 장소에 따라 알기 쉽게 설명한 설법을 따르는 종파. 천태종, 화엄종, 정토종 따위이다.

* 소승불교(小乘佛敎): 한 사람, 한 사람 개인의 해탈을 강조하는 불교로 이후 동남아시아로 전파됨. 기원전 6세기 무렵에 석가모니가 불교를 창시하면서, 누구나 지나친 욕심을 버리고 올바른 수행을 하면 현실의 고통에서 벗어나 해탈에 이를 수 있다고 하였다. 이러한 평등사상은 당시 카스트 제도로 고통받던 인도의 민중에게 큰 환영을 받았다. 그러던 중 전 계층을 아우르는 중앙집권 국가를 건설해 나가던 3대 아소카 왕은 불교를 장려하여 불경을 정리하고 돌기둥과 불탑을 세워 부처의 가르침을 전파하였다.

아소카 왕은 이 과정을 통하여 국가 정신을 통일하고 부처의 권위를 빌려 왕권을 강화하고자 하였는데, 이 시기의 불교가 개인의 해탈을 강조하는 '소승불교(小乘佛敎)'다. 이 소승불교는 태국 등 동남아시아로 전파되었는데, 여기서 '소승(小乘)'은 작은 수레라는 뜻으로, 작은 수레에는 혼자서만 탈 수 있다. 따라서 소승불교(小乘佛敎)에서는 한 사람 한 사람 개인의 해탈을 추구한다.

* 대승불교: '대승'의 어원은 큰(maha) 수레(yana), 즉 많은 사람을 구제하여 태우는 큰 수레라는 뜻으로, 일체중생(一切衆生)의 제도(濟度)를 그 목표로 하였다.

이 운동은 종래에 출가자(出家者: 승려)만의 종교였던 불교를 널리 민중에게까지 개방하려는 재가자(在家者)를 포함한 진보적 사상을 가진 사람들 사이에서 일어났던 것으로, 최근의 연구에 의하면 불교 유적인 스투파(stupa: 墳墓)를 관리하고 있던 사람들이 중심이 된 것으로 추정되고 있다. 이 새로운 불교 운동은 그때까지 석가에게만 한정하던 보살(菩薩)이라는 개념을 넓혀 일체중생의 성불(成佛) 가능성을 인정함으로써 일체중생을 모두 보살로 보고, 자기만의 구제보다는 이타(利他)를 지향하는 보살의 역할을 그 이상(理想)으로 삼고 광범위한 종교 활동을 펴 나갔다.

석가 입멸(入滅) 후 500년경(BC 100년?) 인도에서 일어난 새로운 불교 운동은 그때까지 여러 파로 갈라져 자파(自派)의 주장만이 최상의 것이라고 고집하여 온 불교의 자세를 맹렬히 비판하고, 재래불교를 소승(小乘: Hinayana)이라 폄하(貶下)하는 한편, 대승이라고 칭하면서 이타적(利他的)인 세계관을 바탕으로 활발하고 폭넓은 활동을 전개하였다.

* 관정(灌頂): 계(戒)를 받거나 일정한 지위에 오른 수도자의 정수리에 물이나 향수를 뿌리는 일이다.

* 구결(口訣): 구결이란 말은 기원적으로 구수비결(口授秘訣)에서 온 것으로 볼 수 있는데, 스승이나 대학자가 파악한 경전(經典)의 내용을 제자에게 전한 것이 계속 이어지는 데서 구결이란 용어가 생긴 것으로 추정된다.

* 열반(涅槃): 열반이란, 산스크리트의 '니르바나'의 음역인데 마치 타고 있는 불을 바람이 불어와 꺼 버리듯이, 타오르는 번뇌의 불꽃을 지혜로 꺼서 일체의 번뇌, 고뇌가 소멸된 상태를 가리킨다. 그때 비로소 적정(寂靜)한 최상의 안락(安樂)이 실현된다. 현대적인 의미로는 영원한 평안, 완전한 평화라고 할 수 있다.

＊육자진언(六子眞言): 관세음보살의 자비를 나타내는 주문으로, '옴마니반메홈 (唵麼抳鉢銘吽)'의 여섯 자(字)를 말함. 이 주문을 외우면 관세음보살의 자비에 의해 번뇌와 죄악이 소멸되고, 온갖 지혜와 공덕을 갖추게 된다고 한다. '옴(om)' 은 천상과 관계되는 글자로 이 글자를 부르면 천상계의 윤회를 멈출 수 있다고 한다. '마(ma)'는 아수라, '니(ni)'는 인간 세상, '반(pad)'은 축생, '메(me)'는 아귀, '홈(hum)'은 지옥에 태어나는 일이 없도록 윤회의 길을 막아 준다는 것이다.

＊팔정도(八正道): 석존은 팔정도의 실천만이 깨달음에 이르는 길이라고 했다. 그 것은 다음과 같은 것이다.

1) 正見(올바른 견해, 사물을 보는 방법, 편견이나 고정관념에 사로잡히지 않고 있는 그대로 보는 것), 2) 正思(올바른 생각을 하는 것), 3) 正語(올바른 말씨를 하는 것, 허언, 욕지거리, 두말하기, 틀린 말 하기, 희언, 수식을 하지 않고 부드 럽고 올바른 말을 할 것), 4) 正業(올바른 행실, 곧 살생, 훔침, 간음, 음주 등의 악업을 하지 않고 올바른 행동을 하는 것), 5) 正命(모든 잘못된 행동을 버리고 규칙에 따른 생활을 보낼 것), 6) 正精進(올바른 정진, 깨달음을 향하여 중도의 실천으로서 게으르지 않고 곧은 노력을 하는 것), 7) 正念[올바른 思念, 사념(邪 念)을 갖지 않고 항상 올바른 상념을 가질 것], 8) 正定[올바른 선정(禪定), 정신 통일, 명상에 의해서 마음을 흩트리지 않고 조용히 정신을 집중하는 것]이다.

＊경교(景敎, Nestorian): 서기 450년 무렵 시리아 사람 네스토리우스가 주창한 기 독교(基督敎)의 한 당파(黨派)로 당(唐)나라 때 중국에 전파(傳播)되었다.

＊연기(緣起): 인연생기(因緣生起). 모든 현상은 무수한 원인(因)과 조건(緣)이 상 호 관계하여 성립되므로 독립적이거나 자존적인 것은 하나도 없고, 모든 조건 과 원인이 없으면 결과(果)도 없다는 설이다.

미주

연기는 여러 가지 원인에 의하여 생기는 상관관계의 원리이다. 연기란 인연의 이치를 말하며 이를 차연성(此緣性 : 이것에 연유하는 것, 相依性)이라고 하는데, 현상의 상호 의존관계를 가리킨다. 현상은 무상하며 언제나 생멸(生滅), 변화하는 것이지만, 그 변화는 무궤도적(無軌道的)인 것이 아니라 일정한 조건하에서는 일정한 움직임을 가지는 것이며, 그 움직임의 법칙을 연기라 한다.

이 법칙은 부처의 출현과는 관계없이 법(法)으로 결정되어 있는 차연성의 것이다. 연기설의 가장 기본적인 것은 "이것이 있으면 그것이 있고, 이것이 생기기 때문에 그것이 생긴다. 이것이 없으면 그것이 없고, 이것이 멸하기 때문에 그것이 멸한다."라는 불설(佛說)에 근거를 두고 있다. 이 말의 뜻은 조건에 의하여 생기는 현상의 법은 그 조건을 없앰으로써 모두 멸할 수 있는 것이라는 것이다. 연기와 법은 불교의 근본적인 특징으로서의 법인설(法印說)로부터 연기설이 생긴 것이므로, 연기설은 불교의 근본설이며, 연기를 법 자체라고도 한다. 원시 경전 속에서 "연기를 보는 자는 법을 본다. 법을 보는 자는 연기를 본다."라든가 "연기를 보는 자는 법을 본다. 법을 보는 자는 나(佛)를 본다."라고 되어 있는 것이 그것이다.

* 포행(布行): 승려들이 참선(參禪)을 하다가 잠시 방선(放禪)을 하여 한가로이 뜰을 걷는 일이다.

* 4법인(法印): 처음에 3법인은 제행무상(諸行無常), 일체개고(一切皆苦), 제법무아(諸法無我)의 세 가지를 가리켰고, 열가적정(涅架寂靜)까지 포함시켜 4법인이라 한다.

옛날이야기

ⓒ 박웅만, 2024

초판 1쇄 발행 2024년 1월 11일

지은이	박웅만
펴낸이	이기봉
편집	좋은땅 편집팀
펴낸곳	도서출판 좋은땅
주소	서울특별시 마포구 양화로12길 26 지월드빌딩 (서교동 395-7)
전화	02)374-8616~7
팩스	02)374-8614
이메일	gworldbook@naver.com
홈페이지	www.g-world.co.kr

ISBN   979-11-388-2668-6 (03810)